郭德纲 著

江苏凤凰文艺出版社
JIANGSU PHOENIX LITERATURE AND
ART PUBLISHING

图书在版编目（CIP）数据

来一段儿 / 郭德纲著. -- 南京：江苏凤凰文艺出版社, 2025. 6. -- ISBN 978-7-5594-8719-3

I. I247.81

中国国家版本馆CIP数据核字第2025VB0827号

来一段儿

郭德纲 著

责任编辑	项雷达
图书监制	古三月
特约监制	陆 乐
选题策划	刘昭远
版式设计	姜 楠
封面设计	好谢翔
书名题字	DAQ
责任印制	杨 丹
出版发行	江苏凤凰文艺出版社
	南京市中央路165号，邮编：210009
网 址	http://www.jswenyi.com
印 刷	三河市宏图印务有限公司
开 本	690毫米×980毫米 1/16
印 张	17
字 数	204千字
版 次	2025年6月第1版
印 次	2025年6月第1次印刷
书 号	ISBN 978-7-5594-8719-3
定 价	59.80元

江苏凤凰文艺版图书凡印刷、装订错误，可向出版社调换，联系电话025-83280257

序

听书，图的就是高兴，说书也是为了高兴。我这个人，没有别的糊口谋生的手段，就会三样，说书、说相声、唱戏。我爱济公，爱说济公，在唱戏时也爱扮演济公。这个人物之所以让我如此着迷，是因为他对公义的执着以及超脱世俗的人生态度。

济公是南宋的一名高僧，法号"道济"，因其一生佯作颠狂，被称为"济颠"。又因他热衷于打抱不平、救困扶危，民间尊他为"济公活佛"。关于济公的故事，大多保留在佛教典籍、诗文笔记和通俗文学中。从南宋的高僧道济，到明代的"异僧"，再到清末民初的神侠，随着越来越多创作者的加入，济公的故事从瘦削到丰满。

随着时间的推移，济公的故事在民间流传并逐渐成型，其中一种重要形式是鼓词。然而，像大部分口头文学一样，鼓词在明清时代不被梓行重视，难以刊行。所以，对济公故事感兴趣的读者只能靠借阅手抄本过瘾。在当时，《济公传》鼓词已是十分受欢迎的民间读物。

评书里《济公传》又叫《醒世金铎》。在评书行里，《济公传》也叫"串花"，说的是济公穿的僧衣褴褛不堪，和叫花子似的。

我在很多场合说过《济公传》，一些观众朋友会问，郭德纲说的是单口还是相声？这其实是一个先入为主的意识问题。也许是观众听我说相声说的多，哪怕是说评书时，人们的第一印象也是我在说单口相声。无论是单口还是相声，重要的是表演的内容和形式能否给观众带来快乐。对我来说，不管是讲评书还是说相声，只要观众喜欢，我就觉得值了。

听书听扣，听戏听轴。《济公传》分很多个小故事，它作为侠义、公案、神怪等诸多成分的合成体，情节众多、头绪纷繁、人物辈出、关系复杂，其中埋藏着一条条相互关联的线索，把整套书串联起来。在这些复杂的故事线索中，有一条特别引人注目，就是济公捉拿"乾坤盗鼠"华云龙的故事。

您当下读到的这本书，主要说的就是这个故事。济公作为秦相的替僧，带领几个归附于他的徒弟，帮助官府除掉了罪大恶极的江洋大盗华云龙，并将与其狼狈为奸的江湖败类、歪僧邪道都一网打尽，守护了一方太平。

我七岁学艺，十六岁干专业，这一晃好几十年了。既落江湖内，便是"薄命人"。说书，你比这书得大，你让书压着，这就算完了。

你说《济公》，你最起码得跳出《济公》来分析。说书的人，第一知识量要大，第二就是人要大，要站到书外边。

世人心中的济公形象，一脸滋泥，头发二寸长。他身着破烂的僧衣，双足赤裸，游走于人间。他嗜酒食肉，百无禁忌，呈现出一副桀骜不驯、落拓不羁的乞丐模样。然而，我深晓在这不守戒律、颠狂不羁的外表下，隐藏着一颗怎样的慈悲济世的佛心。从艺之后，在说书、唱戏的过程中，越来越感觉到这一点。

济公虽然是个僧人，却整天在临安城的大街小巷里游走，认识的人里既有王公贵族、官员胥吏，也有市井小民。不过，他从不被世俗同化，不被世俗拘泥。尽管结交了不少权贵，但他绝不会对他们阿谀奉承、拍马讨好，而是始终保持着独立不羁的傲气。虽然他经常游走在烟花柳巷，但他"有色无心，虽着不染"。济公对底层民众怀有一份同情，总是在他们有难的时候伸出援手。

小修在深山，大修在世间。真正的修行不仅仅是在安静的环境中进行，还需要在现实生活中不断锤炼，通过实际行动体现修行的成果。一日清闲一日仙，济公长老一生虽然东打西撞、饮酒食肉、疯疯癫癫，但他对世俗生活不染着，不执着，来时纯洁，去时坦荡，如轻风拂水，了无痕迹。对于普通人来说，在日常生活中保持平静、修炼心性、践行道德，才能真正提升自己的精神境界。

当然了，佛本无相，我心中的济公，别人心中的济公，也许并不一样。这很正常，姑妄言之，姑妄听之。不敢说能高台教化，但起码是劝人向善，教人学好。希望这本书能在您心中种下一颗正义的种子，愿这份能量能传递给更多的人。

目录

第 1 回 —— 妙龄贞洁软玉碎 乾坤盗鼠恶煞行 001

第 2 回 —— 贼寇知祸鸟兽散 罗汉神通明珠还 014

第 3 回 —— 如意巷刺客落网 乾坤鼠海捕缉拿 029

第 4 回 —— 会英楼惜走狂盗 师徒聚暗箭伤人 043

第 5 回 —— 一程嬉闹一程事 千般慈悲千般恩 060

第 6 回 —— 救爱徒火烧黑店 擒盗鼠受阻绿林 079

第 7 回 —— 罗汉爷家庙捉妖 乾坤鼠暗器行刺 103

第8回 ── 怜贫英雄施恻隐　雷陈护花赵家楼 123

第9回 ── 丧天良毒断恩义　奔穷途慌走恶贼 139

第10回 ── 入道观济公擒贼　丢公文班头陷狱 161

第11回 ── 龙游县助破疑案　十字街戏耍凶徒 186

第12回 ── 争奇书群寇内讧　遵法谕狐仙度贼 209

第13回 ── 僧道斗法凌霄观　淫贼落网天道还 229

闲白儿 250

第1回

妙龄贞洁软玉碎
乾坤盗鼠恶煞行

> 好色风流,不是冤家不聚头。
> 只为淫人妇,难保妻儿否。
> 嬉戏眼前谋,孽满身后,报应从头。
> 万恶淫为首,因此上美色邪淫一笔勾。

回首历史,翻阅史书,我常常感慨,很多时候很多事情都是某个特定的人在某个特定时刻完成的。

比如说荆轲。荆轲刺秦，成功上得金殿，图穷匕见。秦王也不是一般人，他有一口宝剑傍身。但是关键时刻，却因为宝剑太长，拔不出来，险些丧命。幸好秦王身边有一位侍医，手里拿着一个药囊。秦王拿起来，奔着荆轲掷了过去了。在荆轲愣神的工夫，经朝臣的提醒，秦王从背后拔出剑来，这才算躲过了一劫。如果没有这个药囊，历史或许会改写，秦王可能会丧命，天下也许不会统一，历史走向也将完全不同。

天下的事难以预料，再如项羽，楚汉相争，霸王项羽英勇无比，但最终兵败逃亡。他遇到一个老大爷，问路怎么走，老大爷指向乌江。到了乌江就没道了，项羽拔剑自刎。如果那位老大爷指向别的方向，历史或许会发生翻天覆地的变化。

还有三国时期的小霸王孙策，那是多么厉害的人呀。一次在路边，三个普通农民打猎，一箭射中了孙策的脑门，年仅26岁的孙策英年早逝。他不死，曹操就无法统一北方，三国也不会成立。

所以，天下很多事情就是小人物一个不经意的举动所改变的。正所谓时也命也运也，该如此便如此。

今天咱们要讲的故事也是一个小人物的故事。此人不是好人，而是一个江洋大盗。故事发生在宋朝，具体地点是西川路。那个时候的朝廷将全国划分为十五路，相当于十五个省，西川路位于四川一带。这个贼是西川路有名的盗贼，从十八岁开始闯荡绿林，最大的"爱好"就是采花。

贼分许多种，有大贼有小贼，有的是图财，有的是害命，但不管怎么样，最为人所不齿的就是采花贼。为什么绿林中人耳朵上戴着一个"守正戒淫花"呢？是因为戴这个就说明我要学好。过去绿林道上信奉这个，哪怕你之前做过坏事，后来说，打今儿起我要学好，要戴上戒淫花了，那么就会请三位绿林道上的人主持，把道上的朋友们聚在一块见证这个事情。

这花戴在鬓角处，是由白银打造的一对并蒂莲，并蒂莲上得做出俩朱须来，朱须正好在眼边。戴上这个了，就是说我从今天开始做好人了，再也不干坏事了。

那么说为什么戴并蒂莲呢？并蒂莲就是两朵莲花长在一起。战国时有一个王子，就是宋康王，也叫宋献王，他出去游玩，看见马路边有一个大姐姐，爱得都不行了。大姐姐老在前面的桑园干活。这王子没溜，在附近弄了一座高台，每天上台看大姐姐。最后问起这是谁家的姑娘。

手底下的人告诉他："您别惦记着人家了。她有丈夫了，丈夫是您的大臣，叫韩冯。"

"哦，小韩还娶了这么一个好媳妇！我们是不是可以下道诏书让他捐献一下？"

"这可不行。"

"不行也得行。"这样，就把人家的丈夫抓起来了，把这媳妇霸占了。这媳妇确实很爱自己的丈夫，就从王子住的高台上跳下来摔死了，监狱里关着的丈夫也死了。

王子很生气，于是隔着河把两人分别埋上了，死也不让他们在一起。但是没多久，顺着河两边的坟上长出两棵树。两棵树都往河

中间长,最后拧在一块。不仅如此,河里长的莲花都是一对一对的,河里边栖息的鸟也都是鸳鸯。这两棵树叫相思树,并蒂莲加上鸳鸯就表示我们生死都要在一起。

那么说戴着这戒淫花,看见大姑娘好看,心里一想事,脑子一激灵,并蒂莲上的两根珠须就会打你的眼角,提醒你不能干坏事,那个人如同是你的亲姐妹一样。所以说绿林道的人要想改邪归正了,得先戴着守正戒淫花,戴花再采花,人见皆可杀。你已经说了你要学好,可说了又不算,人人得而诛之。

书归正言,西川路的大贼"出道"之后没干别的,就是采花,然后杀人。后来在西川路待不下去了,因为一个月之内,连着十八件坏事都是他干的。我们的故事就是说如何拿他。这个人姓华名忠,字云龙,江湖贺号叫"乾坤盗鼠"。

华云龙惹了祸,打西川路跑出来,奔临安(今杭州)去了。杭州有座吴山,在西湖往东南边去,也叫城隍山。

吴山很热闹,山上山下有庙会,各种摆摊的,算卦、卖小吃、说相声,一个摊接着一个摊。人多游客也多。那天,来了一乘小轿,轿夫抬着轿,轿帘儿挑着,轿子里坐着一个美女,那是"又勾勾又丢丢"(形容好看),可谓比花花解语,比玉玉生香。

路边站着三个人,正当中站着的就是书中的反派主角,乾坤盗鼠华忠,华云龙。他在临安碰见了他的老相识,同为西川路上的土匪强盗王通(外号"铁腿猿猴")。他俩人找了一酒楼对脸一坐,吃饭聊天。这时楼梯上"噔噔噔"几声响,上来一个人。这主儿很瘦,高颧骨,瘪太阳,嘬腮帮子,薄嘴唇,七根朝上八根朝下的狗油胡,秃眉毛,小眼睛。他拿着一个筐,筐里边装着水果,水果洗得干干净净。这是个窜着各个酒楼卖水果、鲜货的。他上来之后刚要吆喝,一回头瞧见这桌了,"哎哟"一声,把筐放到地上,一撩衣裳磕一头,"二位爷,我在这儿瞧见您二位了!"

上来这位有个外号叫野鸡溜子,姓刘,叫刘昌。他原来在西川路上是个小伙计。大贼们手底下有一批这样的人,专门给他们探道。后来这野鸡溜子惹了祸,跑了出来。在此地明着没事是卖个水果干零碎活儿的,暗地里还是偷鸡摸狗。没想到今天在这儿瞧见当年在西川的两位老大了,所以赶紧来磕头。

"起来起来!野鸡溜子,坐这儿,坐这儿。"

"哟!二位爷,我不敢。"

"快坐,快坐,坐下喝一杯。你怎么在这儿?听说你出来好长时间了?"

"是,可不是好长时间了嘛。西川不敢待了,惹祸惹太多了!在这儿有两年了。两位爷都在这儿,太好了!来,喝着吧。"

吃着喝着,聊到最后,野鸡溜子说:"二位爷住哪儿啊?"

华云龙说:"刚来,在张家老店包了间房。"

野鸡溜子说:"您别价呀!到这儿了要是住店的话不安全,又何况咱们是绿林道的人,您知道谁认识咱们?谁说一句,引得官府来不方便。我在这儿两年了,买了一小院,有三间房。干脆二位爷跟我走,住到我那儿去,吃喝什么我来安排。平时您该忙忙,晚上您回来,我愿意伺候您二位。"

这不是白伺候，他心里知道能得到钱。

仨人打酒楼下来站在马路边，瞧见了那乘小轿。轿子在眼前一过，华云龙的眼珠子就直了。三个人站在街边看着。华云龙的口水把前心都快打湿了。

铁腿猿猴知道他这老毛病，在一旁乐，野鸡溜子也乐了："爷，您怎么了？"

"哎，刚才吃得太酸了！这人，小子，你认识吗？"

"认识，来两年了，基本上哪家怎么回事我还都知道。"

"哦，刚才那是谁呀？"

"那人姓赵，从他父亲那辈就是抬轿子出身，他现在也给人抬轿子。"

"我问坐轿子的，没问那轿夫！"

"不是，您不是说后边抬的啊？他头里那个？头里那个是王三。"

"又过去了，他俩当间，轿子里那个！"

"哦，我跟您闹着玩呢。这主……反正下手有点难。"

怎么回事呢？坐轿子的美女其实命挺惨的。她父亲是本地的一个富商，家里挺有钱，把闺女许配给一个孝廉的儿子，但是还没等结婚，女婿就死了。按理说，可以把婚书八字帖拿来。也没过门，不能耽误人闺女一辈子。

但闺女说了："我们合了八字，配了婚书，下了定了，我就是人家的人,我得瞧瞧去。"

家里就劝:"别去了,你这算哪一道啊?"

"不行,妈,您得让我去,我看一眼我也踏实。"

娘家把闺女送到那儿,棺材都盖上了,都揳了钉子了。姑娘不干了:"我没见过他,我应个名是他媳妇。现在要埋了,把棺材给我撬开,撬开我看他一眼,我得看看我嫁的人长什么样。"

现场的人一看姑娘的脸色,这是拼命来的,赶紧把棺材又撬开,把盖脸的布都拿开了。姑娘看了一眼,也没哭,从怀里掏出剪子,拿着头发"咔嚓"一下,剪下一绺来,"啪"就扔在棺材里了。在场所有人都挑大拇哥。这叫"望门寡",剪头发的意思就是我要为你守着,今生今世我不再嫁人了。

出完殡,姑娘的去处就是难事了。两家一商量,最后姑娘说:"没事儿,你们甭管我,我找一尼姑庵带发修行,青灯古佛了此一生。下辈子我跟他再做两口子。"

离她家不远有一座尼姑庵,叫乌竹庵。有时候,娘家妈想闺女,就接闺女回趟家。今天是这姑娘从娘家回乌竹庵,让三个流氓看上了。

轿子走后,这仨人先奔刘昌家。这里看着挺干净的,有一个小院,还有一小厨房能做饭。刘昌自己住了一间房,还剩两间闲房。华云龙掏出一锭银子,吩咐刘昌去买被窝、褥子,应用之物,再买点酒菜什么的。

一下午的工夫,菜办齐了,屋里都归置好了。晚上就在家吃,

哥仨吃饱了喝足了，撤去了残席，沏上一壶酽茶，三人坐下来聊天。按现在钟点说是晚上八九点钟，天已经黑了，三人回屋躺下了。

将近夜里十一点的时候，华云龙坐起来了，把自己带的包拿出来。打开来，里面有一套夜行衣。夜行衣就是黑色的衣服，当年穿个黑衣服就比较方便了。没有贼穿白的，大半夜做贼的穿一身白的，挂四个铃铛背两个风车，一走起来丁零当啷，没有这样的。从上到下穿好了，袖口用护腕勒上，把腿带子扎好了。周身上下收拾得紧趁利落，背插单刀，肋下挎着百宝囊。百宝囊里有石头、香油炸的江米团等。贼都得用江米团，提前拿江米和好了，里边放几根女人的长头发，攥成一个团，拿香油一炸。你要不炸的话，弄十个团子拿出来就成一个了。那就别做贼了，手都黏上了。香油炸锅之后，就不黏了。无论到哪儿去，站到墙头上一看底下有狗，扔一个江米团，多凶的狗闻见香油的味道都得过去吃。这一吃，又黏糊又有头发，狗就张不开嘴了。

百宝囊背好了，华云龙推门往外走。他要夜闯乌竹庵。到了乌竹庵外一看，门关着，他左右看了看没有人，垫步拧腰，腰眼使劲，踩在墙上往上蹿，拿手够墙头，一转身"噌"就上了墙头了。

在墙头上，往下看了看，没有人也没有狗。华云龙点点头，使了一个"燕子三抄水"，一翻身下去了。下来之后蹲下稳住了看，没有人，站起身顺着墙根往前溜达。走来走去，只有一个屋里亮着灯。华云龙侧耳一听，好像里边在念经。拿指甲在窗户纸上戳了一个眼儿，眯一目睁一目往里观瞧，有一个老尼姑带着两个小尼姑正在念经。他看看这两个人，点点头又往里边走。

转来转去，北边有一小跨院。门虚掩着，华云龙站这儿看看左右，没有来往的人，轻轻地把门推开一个缝儿，闪身就进去了。

这是一个挺干净的小院，靠墙角种了竹子，养了花，看得出来住的人挺上品。屋里亮着灯，华云龙蹑足潜踪来到跟前，舌尖舔破了窗棂纸，往里边观瞧。就这一看，差点儿没叫好，里面正是白天遇见的坐轿的大美女。灯下看美人，越看越精神！但灯下不观色，找块布料子放灯底下看，越看越差，但是看美人越看越好看。

华云龙又回身看了看，两边没有人，站起来一推门就进去了，把门掩在身后，站在门口。

大小姐开始没往心里去，以为小尼姑送茶来了。但是一愣神，觉得不对，赶紧回头，四目相对吓一跳。"诶，你谁呀？"

华云龙乐了，连句整话都说不出来了。

姑娘站起来了："你是谁呀？你要干吗？赶紧出去！黑夜之间孤男寡女，我可要喊叫了！"

"好好好，喊吧喊吧。我白天在路边瞧见你了。哎呀，小生爱娘子啊，如旱苗盼春雨！"

姑娘大喊："救命啊！"

"天堂有路你不走，地狱无门自来投！"华云龙从背后把单刀抻出来，顾不得客气了，"哎，别喊！"

他想捂姑娘的嘴，却忘了手里攥着刀，"噗"一下子，把姑娘的脖子划了一道口子，姑娘"咣当"一声倒地。

华云龙一看，转身推门往外走。对面来人了，是刚才那个老尼

姑带着两个小尼姑。

"谁呀？怎么了？"老尼姑过来了。

"那个……我啊！"华云龙把老尼姑也杀了。小尼姑吓得滋哇乱叫，他借机会上墙头走了，消失在茫茫夜色中。

华云龙拎着刀进门，把门关好了。野鸡溜子起来上厕所，正好看见他，也看见了这口刀："您遛弯儿去了？"

"咳，得了，上屋说去吧。"

华云龙拿刀在鞋底上蹭干净，把刀扔在一边。

"怎么了，大爷？"野鸡溜子问。

"白天瞧见那大姐挺好看的。你不是让我晚上找她去吗？我把她给去了，还有个老尼姑也让我给去了，连伤两命。"

"哟！那您看，您是要连夜出临安吗？"

"我刚来，我着什么急？不碍事，看看他官家有何手段！"

天亮之后，铁腿猿猴也醒了，一听这事不叫事儿，三人该吃吃该喝喝，还上街遛弯。

街上乱了，老百姓都传："听说了吗？了不得了！乌竹庵黑夜之间一刀连伤两命。好一个贞洁的烈妇，不知被谁给杀死了！"

哥仨淡定听着，继续往前走。一拐弯有一家大酒店。这家酒店可不是一般的酒店，不卖散座，全是雅间。

这里真正的主人叫秦安，是当朝丞相秦喜家的大管家，平时在这儿盯着的是秦安的侄子，叫秦禄。往常他不在这里待着，今天是过来查账了。他长着一张青虚虚绿不叽的脸，正在柜台里喝茶聊天。

几个小伙计跟秦禄说："爷，您听说了吗？乌竹庵黑夜之间连伤两命，好一个贞洁的孀妇被人给杀了！"

华云龙三人举杯："来，干一个，干一个，咱们庆祝一下。"

秦禄刚喝了酒："哎呀！这个贼一定是一个采花淫贼呀。甭问，他们一家子，上边是贼父贼母，下边是贼子贼孙！以后他媳妇和闺女都得被采花贼杀了才算拉倒。"

这桌就把杯放下了，华云龙站起来就往柜台去了："你说谁呢？"

秦禄愣了："啊？我说贼呀。有什么不对吗，我的话到哪说也是王法。"

"我去你的吧！"一伸手，华云龙从背后把单刀抽出来了，把秦禄杀了。

乱套了，三人一掀桌，跑出去了。伙计们赶紧报案。此地归临安太守府管，太守叫赵凤山。秦家的人死了，这事儿可不小。赵大人派了两位大班头，柴元禄、杜振英来查案。整个临安府官面上都轰动了，挖地三尺要找这几个贼。

消息传来，哥仨乐了："不叫事儿！"

野鸡溜子说："我可听说了，您今儿杀的青虚虚这个，是秦安的侄子。杀了他是个事儿，您走吧。"

华云龙说:"走,我上哪儿去?我宁可让他们杀了,不能让他们把我吓死。秦家的事儿?好,今晚我要夜入秦相府。"

这一说,铁腿猿猴还挺支持:"好,我跟您一起去,要死咱俩死一起,好不好?"

"兄弟,你真要跟我死一起?"

"早晚的事。"

当然,到后来这句话应验了,那是以后的事情。

二更天之后,换上夜行衣,背插单刀,二人出门,直接奔秦相府。找一个僻静之处,二人从后花园翻墙进去,躲着巡夜的兵丁,走来走去,来到一间屋子前,看见两个丫鬟在屋里坐着。这屋没有人,两个丫鬟抱着肩膀看屋。

华云龙拿出熏香,捅到窗户纸里。两个丫鬟一闻,睡着了。二人进屋,屋里装的尽是宝贝,都是别人给秦太师送的好东西。

"咱们都弄走?"

"都弄走得要驾车呀,驾车就不像话了。咱来不是为了发财,咱是闯字号!得让人知道知道,是咱们夜入秦相府盗走了值钱的东西。"

桌子上有一个盒子,华云龙打开一瞧,是一对白玉镯。"兄弟,我这些年见过宝贝,这么好看的白玉镯,我没见过,给你吧。"

再往前,有一个大柜子,打开柜子之后,里边有一箱子。箱子带锁,里面准是好东西。华云龙"嘎嘣"一下子,把锁拧开了。箱子里边有一顶珍珠凤冠。这是万岁爷赏给秦夫人的一品诰命夫人冠，上面的大珍珠在月光下灼灼放光。铁腿猿猴从旁边拿了包袱皮，抖开了把凤冠放在里边，系好了背在身上。

"咱们成了，兄弟。"

"成了，走走。"临走之前，华云龙提起笔来在墙上写：华云龙盗。

一出门，华云龙便大叫："你们家闹贼啦！"

巡夜的兵丁们听见了，到这儿一看，门开着，两个丫鬟在地上躺着，直打呼噜。进屋再瞧，里面被翻得乱七八糟，墙上有字——华云龙盗。兵丁赶紧报备，先报大管家秦安。秦安一听直哆嗦，赶紧启禀老相爷。

到屋里一瞧，白玉镯没了，珍珠凤冠丢了，"来呀，传临安太守。"

赵凤山来了："参见相爷，黑夜之间宣召卑职，不知有何国事议论？"

"没有国事，我们家闹贼了。"

就这一句话，比什么都严重。丞相家里边闹贼，地方官员是干什么吃的？知府面如土色："丞相，您丢什么了？"

"也没别的，珍珠凤冠一顶，白玉镯一对。临走的时候墙上留下了名字，华云龙盗，这个贼叫华云龙。没有别的，我给你三天的时间，东西追回来，贼逮回来，去吧。"

第2回

贼寇知祸鸟兽散
罗汉神通明珠还

> 伤情最是晚凉天,憔悴斯人不堪怜。
> 邀酒摧肠三杯醉,寻香惊梦五更寒。
> 钗头凤斜卿有泪,荼蘼花了我无缘。
> 小楼寂寞心字月,也难如钩也难圆。

太守回府都深夜十二点了:"来呀,所有人都起来,谁也别睡觉了。"临安府下是钱塘县和仁和县,两个知县和所有差人,只要是穿官衣的，连衙门口刷厕所的都得起床。

那有什么办法，找呗。三天一晃就到，赵太守没辙，去求京营殿帅。京营殿帅给他讲情，秦丞相又给了五天。五天又到了，钱塘县找他姐夫礼部尚书饶了三天。仁和县又找自己大表哥，五府六部八大朝臣都求遍了，一晃两个月过去了。

这天秦丞相把赵知府叫来："还有完没完？你们要再这么烦人托窍就该找皇上了是不是？偌大一个临安城，逮几个贼有这么费劲吗？你说吧，这个案子到底是能破还是不能破？"

"是是是，能破能破。您多恩典！"

"好吧，你们抓紧吧，等你们的好消息。"

"是是是，谢相爷恩典！"

回来开会吧。赵大人面沉似水，旁边坐着仁和县的知县、钱塘县的知县。三个官你看我，我看你。"两个月了，咱们脑袋上的帽子可不保了！"

"那怎么办呢？哎呀！"两位知县直皱眉头。钱塘县的知县站起来了："有了！"

"快说快说！什么有了？"

"要破此案倒也不难，请来一个人就行。"

"谁呀？"

"灵隐寺活佛济癫，只有把罗汉爷请来，咱们这事才成。"

罗汉爷大家都有过耳闻,尤其是赵太守。他指着钱塘县知县说:"哎哟!贵县你混账啊!你要早说他能破案,咱不用费这么大劲。我有一个叔伯兄弟叫赵凤鸣,家住在昆山。他母亲身体不好,请了罗汉爷上他们家治病。这些日子还在他家。你要早说,我打发人去趟昆山,不就把罗汉爷请来了吗?"

"哦,那行嘞,那您要知道下落,咱们就派人去吧!两位班头儿呢?把两位班头儿叫来吧。"

柴元禄、杜振英两位来了。

"昆山去过吗?"

"常去。"

"我弟弟赵凤鸣家去过吗?"

"有一次送信去过。"

"好,两位头儿辛苦辛苦吧,赶紧去一趟,到那儿请罗汉爷活佛济癫,把他老人家请回来破案子。案子破了,重重有赏!要是破不了的话,小心你二人项上人头!"

"是。"

一路无书,到了昆山,二人就直接找到赵家这门了。"啪啪啪"一打门,门分左右,出来一位老管家。

"哟,二位头儿啊!"老管家认识他们。

"哎哎哎,是。老管家,我们是从府衙来的。"

门房旁边有间闲房，二人坐这屋，管家给沏上茶。"二位是送信还是送东西？是有什么事儿吗？"

"嗯，您跟二老爷回一声，我们奉大老爷之命，前来请罗汉爷。罗汉爷在这儿吗？"

"在这呢，来了些日子了。给老太太治病，还挺好。"

"嗯，那行，罗汉爷现在正干吗呢？"

"罗汉爷刚才说饿了，弄几个菜喝着酒，一边喝酒一边剋脚呢。"

"哦，那这是真罗汉爷。戴五佛冠、穿袈裟的肯定是假的罗汉爷，接地气的才是罗汉爷。那您进去回禀一声吧，就说我们俩来有事，罗汉爷可能知道这件事。"

"好，您稍等一下吧。"老管家进去了，一会儿又出来了，"二位头儿快来，二老爷说请您二位到里边聊。"

"哎，来了。"

一进屋，二人就看见正当中有张桌子，桌子上杯盘罗列，大盘子肘子、海参、整只鸡、肉丸子、一只狗腿，这都是罗汉爷最爱的东西。罗汉爷坐在正当中，旁边坐着二老爷。二老爷不到四十岁，是个文质彬彬的念书人，有三绺胡子，弄杯茶在一边陪着。正当中坐着的这活佛脏得都不行了！头发二寸长，一脸的滋泥。他一手攥着海参，一手剋着脚。两位班头进来，不敢往前走，低着头站着。

赵二爷乐了："您二位这是打临安来的？"

"见过老爷，您挺好的？"

"好,是家兄让你们来的?"

"是太守爷爷让我们来的。"

"让你们来干吗?"

"让我们请活佛,有要事到临安。"

"活佛您看?"

罗汉爷才抬头,海参"噌"一下就掉了,剐脚这手一把抓住,"嘿,跑不了。"

罗汉爷从桌子后走出来,站在二人跟前,"这是找我来的,是吧!"

"是,活佛,找您来了,求您去趟临安有要事!"

"要去也不难,你俩把海参吃了吧?"

二人你看看我,我看看你。"老爷子,这消化不了,因为太咸,太咸!"

罗汉爷把海参又扔回盘子里,回头瞧瞧赵凤鸣:"赵二老爷,我得跟他们走一趟,拿贼去。"

书要简言,柴头、杜头簇拥着罗汉爷往临安赶路。罗汉爷一边走一边问:"你姓杜啊?"

"是啊,我姓杜。"

"哦,你姓什么呀?"

"我姓柴。"

"你怎么不姓杜？"

"罗汉爷，您别拿我们开玩笑。"

"哦，行，出什么事了？"

"跟您说一遍了，是不是？何况您也不用问我们，您心知肚明啊。采花的淫贼华云龙在乌竹庵一刀连伤两命，又杀死了秦府管家的侄子，并且夜入秦相府，偷盗走了凤冠和白玉镯。现如今请您协助我们拿贼。您多费心！"

"哦，行。咱们离临安还有多远？"

"还有三十来里地。"

"还有三十来里地啊？再往前走就是钱塘门了。在钱塘城门外，站着一个穿着一身黑的人，四十来岁。你们要逮着他，这事就齐了。"

"活佛呀！您算出来华云龙在那儿了啊！"

"啊，是……"

"好好好，没想到他怎么上这儿来，那我们俩去？"

"去，去。"

二人撒腿就跑，直接奔钱塘门，和尚在后头慢慢溜达。二人二三十分钟就到了，到这儿一看，真站着一人，四十来岁，穿着一身黑袍子，腰间系着一绦子。

"华云龙，哪里走！"二人说话到跟前了，"华云龙，哪里走！"

这主儿瞧瞧他俩："华云龙？"

"捆上他！"抹肩头拢二臂，拿法绳一捆，五花大绑。什么是五花呢？一根绳子叠成两段，从脖子顺下来，兜上膀子，两边一边算一个花，再往下来绑胳膊肘，一边一个花，四个花，最后缠在腕子上，在后头系扣，这是五花。

哥俩互相道喜。"华云龙，你好大的胆！夜入秦相府偷盗宝贝，东西呢？"

这主儿："啊？"

"还'啊'？等着吧！"等半天，罗汉爷晃里晃荡，一溜歪斜，走过来了。

"谢谢您！听您的话，这就绑上了！"

"我忘说一句，他不是华云龙。"

"我们不问您了吗，说那人就是华云龙？"

"我压根儿也没说那是华云龙。这个人是钱塘门里卖炭的，开了一个炭铺子，是我的好朋友。"

"您早说一声啊。为什么要让我们绑他？这也是您的主意。"

"他那炭烤肉有烟，恨他。没事了，解开吧。"

二人你看我，我看你："您这是闹着玩啊？"

"玩笑玩笑，解开吧。"

罗汉爷和这二位班头，三个人乐了半天。

"活佛呀，没有您这样的。咱们出来是拿贼的，咱不能您看谁不顺眼就让我们绑谁呀，是不是？炭好不好，肉好不好，那是另一回事。话又说回来了，这又耽误一个时辰。咱们这不耽误事吗？"

"别着急，咱们都到钱塘门了，一起进去好不好？进去咱好歹也逮一个。"

"别好歹逮一个呀！咱得逮有用的，咱们得请功受赏啊。"

"来来，跟我来。有赏，有赏。"

三人顺着城门洞进去。一进去，两边卖菜的、卖杂货的、卖小吃的，各式各样的，人挺多。这二人在后头，罗汉爷在前边。走着走着，迎对面来了一个人，背着包袱，短衣襟小打扮，低着头，眼睛看向两边。眼为心中之苗，人有心事看眼神就知道。另外，一瞧这人的状态，低着头走道，就不是光明正大的人。

罗汉爷跟他正走一对脸，二人"咣"撞上了。

这主儿坐地上了，再瞧罗汉爷，衣服上的口子"唰"地就裂开了。

"非礼呀！有臭流氓啊！他看上我了。"两边所有的行人都纳闷，有几个过来搀地上这个："起来起来，不怕不怕。"地上这人站起来之后，瞟了一眼也没解释，转身要走。

罗汉爷一回头指他，告诉两位头儿："逮他！"

简短捷说，出了钱塘奔临安，到了相府门外。三堂官都在这儿，临安府的知府，仁和，钱塘两县的知县。管家进来了："跟您回，

俩头儿已经拿住了大盗华云龙。"

秦相开心了："好好好！带上来，我看看是甚等样人，如此大胆，一刀连伤两命，黑夜之间夜闯秦相府，莫非吃了这熊心豹胆吗？押上来吧。"

柴头、杜头带人上来："走走走！"给这小子拖上来了："跪那儿！"

那小子一抬头便喊："冤枉啊！我冤枉啊！"

秦相爷看看他："你叫什么呀？你叫华云龙吗？是你一刀连伤二命，夜入我府盗走了凤冠吗？"

这主儿："哎呀！老相爷呀，我冤枉啊！我就是一个做小买卖的。"

"哦，你叫什么呀？"

"我叫刘二。"

外边有人报"罗汉爷到"，罗汉爷来了。

秦相先站起来了："哈哈哈，三位大人，本相的替僧到了。"替僧，就是我打算出家，把自己舍给我佛。但是朝里的事情太多，我顾不过来，得有人替我，这个和尚叫"替僧"。

赵太守见过活佛，两位县太爷没见过，但是有过耳闻，活佛济公长老今天来了，得好好瞻仰瞻仰。这两位官整整乌纱，拍拍衣服，整好玉带。一阵"啪啪"响，罗汉爷上来了。二人一听，僧鞋怎么还带节奏的？这不是替僧，这是替板啊，是哪个曲艺团叫来一唱板的。随着声音闪出来这位活佛济癫，往这儿一站，一溜歪斜，这手在身上搓泥。钱塘县、仁和县你看我，我看你，心说：哦，这就是替僧，

"剃"得不是很干净。

秦丞相还挺客气,一躬到地:"活佛,一向可好?"

"还行,你挺好的?"

"啊,是是是。"罗汉爷也不等人让,直接就坐下了,把鞋脱了剋脚。

相爷挺开心:"不拘小节,不拘小节。圣僧,适才拿住了贼人,我以为是华云龙,他说他不是啊。"

"你不是干这个的材料,你哪会审案子。"

"是是是,秦某愚钝。"

"你不行,换那个小赵来。"

"本府在。"

"你问,你是干这个的。"

"好好好,来呀,准备一下吧。"在厅外头,桌子椅子摆好了。赵知府一坐,两旁是两位县太爷,贼人往这儿一跪。

"你叫什么呀?说实话!"

"跟大人您回,我叫刘二。我是一个做小生意的。"

"哦,两位头儿。他随身带着什么?"

"带着个小包袱。"

"打开看看都有什么。"

打开了里边有一把匕首。"你做生意的人，干吗带匕首？"

"回大老爷，我是个卖水果的，我得给人削皮。"

"有理，再看看，还有什么？"换洗的衣裳、裤子、腰带，最底下有一双大袜。大袜就是棉布做的高腰裤，穿的时候把裤子塞到里边，外边有带子，配着皂鞋穿的。

罗汉爷从里边出来了："你是干什么的？"

小贼看看他很无奈："做小生意的。"

"哦，你瞒别人瞒得了，瞒我你瞒不了，一句话就让你们都得傻。"

两位县太爷、知府都听着，活佛这是准有高论。

"听着，你做小买卖的，凭什么穿新袜子？"

"问得好！"三位官随着说："可是，圣僧，凭什么做小买卖的不能穿新袜子？"

罗汉爷也乐了："那谁，老柴，对，掏掏那袜子，里边有东西。"

"哦。"伸手进去一掏，掏出一颗珍珠，鸡蛋那么大，往桌上一放。

知府乐了："你说怎么回事吧？"

和尚乐了："他可以穿新袜子，但新袜子里为什么要放这么大一颗珠子呢？你做什么买卖的？"

"来呀，把这珠子给秦相看看。"

拿进来了，秦相爷一看，这是凤冠上最大的那颗。"带进来！"

把小贼薅进来了,"咣"一脚踹上去,小贼"啪"就跪地上了。

"嘿,说!这是哪儿来的?"

"我不是……我,我那个,它……我买袜子送的。"

"放屁!买袜子带的?那只里边怎么没有?"

"大老爷跟您回,要那样的话,卖袜子的不就赔了吗?"

"你说的是人话吗?"

"老爷,我听着也不像人话。"

"抄手问事,量尔不招!左右,拉下去打。"

"哎,别别!别打别打!打完了之后还问不问?"

"废话!打完了让你说实话。"

"哦,要打完了不问了您就打,要打完了还得问,我就跟您实说了吧。"

"你叫什么?"

"我叫刘昌。"

"哦,怎么回事?"

"我有两个朋友……杀剐存留,您看着办吧。"这小子把华云龙的事情交代清楚了。

"哦。"秦相点点头。旁边站着书办,把刚才他所说的一切都

写下来了,让他签字画押。签字画押就是画个十字,摁个指纹。揩监入狱,等那二人逮着再一块审。

"那两个人在哪儿?"

"我不知道,人家打发我,我走了就拉倒了。再说我是个小伙计,他们去哪儿也不会告诉我的。"

"嗯,行了,押下去吧。"

回过头,几个官对罗汉爷真佩服!秦喜秦相爷看了看:"圣僧,接下来咱怎么办?这个贼到底藏在哪儿呢?"

"我给你算算啊。"

"哦,是是是,活佛一算就知道在哪儿。"

"空手不能算。"

"啊?往常都是空手算的呀,揩指循纹都不用。那您看给您准备什么?"

"准备八锭黄金。"

"快去,取去!"这不叫事,但秦相爷挺纳闷:怎么还用黄金算卦?

一会儿工夫,差人用盘托来了,大元宝锞子,纯黄金的,放在桌子上。罗汉爷把八个拿在手里,来回摆愣,咬几口。"嗯,行,给我找一个小布口袋来。"

"哦哦。"小布口袋拿来了,他把元宝都装在里头系上了,塞到怀里头。秦相爷问："圣僧，贼人下落您算出来了吗？"

"现在开始算。"

"刚才您……"

"就是要钱。"

罗汉爷算了算，摇着脑袋说："饿了。"

秦相爷说："炒菜，海参、狗肉、肘子，上。"

罗汉爷连吃带喝，吃完之后手往身上蹭。看他吃得差不多了，秦相爷问："那您看贼人的下落？"

罗汉爷回头瞧临安府的赵大人，"赵老大，你那儿有没有一个差人叫田老大呀？"

"有有有。"柴头、杜头、田老大、万老三，这四个人是拿贼的班头。上昆山请活佛时只去了两人，今天四人都在外头等着。

罗汉爷给赵知府及四个差人换了衣裳，又喊道："老柴、老杜、老田、老万，都叫上来，叫上来。"

"圣僧呼唤下役，有何差遣？"

罗汉爷乐了："我晚上带着你们拿贼去。秦相爷，你可别睡觉，等着我们，天亮我们给你送贼来。"

"活佛，您真是活神仙啊！太棒了，天亮您就把贼送来了？"

"尽量。"

简短捷说，眨眼到了定更天，一擦黑，罗汉爷带着五个"差人"（其中一个是赵大人），从相府出去了。他们顺着临安城，一圈一圈地兜，走了一个钟头。

"圣僧，咱们什么时候拿贼呀？""啊？""咱们什么时候拿贼？""拿什么贼呀？""不是咱们说好了吗，您让我们出来拿贼呀？""不是，我带你们得走。""为什么要走啊？走好几圈了。""我刚才在他们家吃饭，吃得太撑了！我得消化消化。"

五个人一跺脚："您消化，我们还没吃饭呢！"

第3回

如意巷刺客落网
乾坤鼠海捕缉拿

> "难难难,道德玄,
> 不对知音不可谈。
> 对了知音谈几句,
> 不对知音枉费舌尖。"

　　出来的时候是定更天,溜达来溜达去,天交二鼓。二更天了,罗汉爷开始串胡同。

郭德纲说济公

几个人嘀咕着："列位，开始进胡同了，临安城大胡同三千，小胡同多如牛毛，咱们要都转，估计得死几个！"

不过也没人敢问，也没人敢搭茬儿，只能跟着走。走来走去，几人来到了如意巷。这个胡同一头细，走到里头弯过来，里面宽敞，就像一根豆芽菜似的。豆芽菜，也叫如意菜，这胡同因此得名。

在如意巷的口这儿，搭着一个更棚，更棚里面躺着一位更夫，枕着梆子正迷瞪着。

和尚告诉这几位："你们来看好玩的，来。"

几人进了更棚，见到旁边有半头砖，和尚拿着砖换走了更夫脑袋底下的梆子。迷迷糊糊间，更夫转醒。

和尚喊道："大人叫你呢。"

大人倒是没看到，不过眼前这几位，头戴大帽身穿青，不是衙役就是兵。一看是衙门口的，更夫赶紧跪下。"几位上差，我……我没误了卯吧？"

"你把耳朵递过来。"和尚趴在他耳朵边上吩咐了几句，把梆子还给他，带着差人们出门去。几个人往外走，走到头，是一座挺大的宅子，这会儿已经二更天都过了，门关着。和尚带着五人站在门口："就是这里，一会儿就来这儿。"

"圣僧咱们到这儿是？"

"拿贼啊！"

"哦，那您吩咐，我们做什么？"

"趴在门上往里边吹。"

"没听懂呢!"

"你们趴在门口,顺着门缝往里边吹。"

连官带差人五个人趴在门缝边,往里边吹气。和尚站在后边喊:"门口有五个贼,五个贼吹大门!"

这五个人停下,"您这像话吗?您让我们吹,还喊捉贼啊?"

这家看门的老王刚把前后院收拾了,灯也吹了,已经睡着了。正睡着,听外边刮大风,心想:我的天爷啊!怎么这么大的风啊!这些日子天很好啊!这怎么回事呢?

老王坐起来,从门缝看外边,风刮得黑烟滚滚。又听见外边有人喊"闹贼",老王赶紧打开门。

一开门,门口的五个人很尴尬:"打扰你休息了。"

"几位头儿,您这是?"

"你知道你犯什么错了吗?"老杜、老柴一辈子都在衙门口,他们会说话先唬人。

"哦,这,不知道啊!怎么回事啊?"

"我告诉你,我们可都知道了。知道吗?你要说出来就便宜你了,可别等我们说,要是我们说,费了劲了。"

和尚过来站在后边:"叫人去,叫你们家老杨出来。"

"哦哦哦！"本家姓杨。

这几位一转身："咱们黑更半夜跑门口闹事，人家出来咱说什么？"

"有我在，放心啊，没事，没有他们四个的事，就是你挑头闹的。"

赵大人："这不是冤死我吗？我知道谁对谁啊！哎哟我的天！"

正等着，后面来了六七个家丁，簇拥着本宅的主人走出来了。主人五十来岁，留着三撇胡子，穿着一身宝蓝色的员外氅，头戴员外巾，睡眼惺忪。

赵大人认识他。这个人姓杨，叫杨再田，之前是四川成都府的知府，因为母亲去世，丁忧守制，在家歇着。

赵大人和他是同科，当年进京赶考是同一科的进士，私下两个人还是好朋友。一错眼神，赵大人上来了："年兄！"（同年参加科举考试并一同考上的人互称年兄和年弟）。

"哎，凤山啊。"这才看出来是赵大人，"怎么是你？"

"是是，深夜打扰。"

"哎呀，年弟，快来快来，快请快请，咱们客厅侍茶！"

几个人前边走，后边一个"嘚嗒嘚嗒"跟着，圣僧走得慢。

来到里边，客厅的正当中是一个很大的屏风，屏风前边摆着条案，条案上摆着福寿禄三星，一边一把太师椅，两边摆着两列桌子和椅子。

杨大人回头招呼年弟："请来上座。"

这一指,和尚就过来了,往这儿一坐就把鞋脱了,脚就搁在这凳子上,剋他这脚。"累坏我了,哎,这脚都破了。"

杨大人不认识他,当时就傻了,再回头瞧这几位,倒是很自在。见多了,这不叫事。赵大人赶紧把杨大人扶到次座,自己坐在下首的头一把椅子上。

杨再田心里挺别扭:哪来这么一位啊?坐在那儿剋脚,一股一股什么味,他不好意思多说。"您这是?"杨再田刚要问,旁边这位发话了:"饿了!吃饭吧,我们这通走,好家伙。"

"夜半更深,贵足踏贱地,所为何来啊?"杨大人还挺客气。

"啊,是……"赵大人刚准备说,罗汉爷嚷:"饿啦!"杨再田不爱看他,把脸转过来问赵大人:"哎呀,最近公务繁忙,夜半更深……""饿啦!"说什么罗汉爷都搭茬儿,没有别的,就是说饿了。到最后赵大人看不过去了,便说:"年兄,真有点儿饿。"他是真饿了,一直没吃饭。杨大人说:"哎呀,黑夜之间来不及备办,恐怕粗茶淡饭有什么……"

"哎,别客气别客气。"

"好好,赶紧准备准备。"

杨再田派人把厨子叫起来,捅开火,弄几个菜。主食、汤、菜端上来,和尚过来:"有海参吗?"他用那个刚剋完脚的手翻每个菜,边翻边问:"海参呢?"然后又往汤里捞去。

"没有海参,你们先吃吧!"

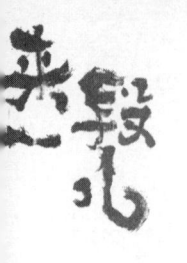

这几位看看，心说：没有海参我们也吃不了这饭了！

"年弟，此位高僧，何许人也？"杨大人心想，我得知道这是谁啊。赵大人说："此位不是旁人，秦相替僧，灵隐寺济公长老。"

"子不语怪力乱神。"杨再田是读书人，不信这个。

和尚乐了："看你这意思不信我啊？我给你算算吧！"

"给我算什么啊？"

"你拿八锭黄金来，我给你算算。"

"没有！"杨再田是个清官，没有八锭黄金。

杨再田嘴都快撇到后脑勺去了："那你看看我，我今年多大岁数？"

"你五十八岁，属狗的，对吧！你爸爸外号叫大驴子。"

杨大人脸上挺没面子，爸爸叫大驴子这事说出来不好听，但是他心里咯噔一下子，这事没人知道，他爸爸早死了，能知道这事，他不是一般人。

"哦，还能算什么啊？"

"还能算吉凶祸福。"

"好啊，你给我算算吧！"

"我算，你妈没有了。"

"这不算什么，我丁忧守制，很多人都知道我母亲没了。别的呢？"

"别的就都是小事了。"

"哦,你说说吧。"

"你要死!"

"啊!"杨大人愣了!那几位都不说话了,赵大人心挺软,眼圈都红了:"是吗?"

"这,啊!"杨再田回过头,"不至于不至于,你算我什么时候死?"

"就今天。"

"什么时候?"

"三更三点。"现在是三更天了,这就快了。

"你说得准吗?"

"你脖子上有一道裂纹,拿刀一切就断了,你的命就没了。"

杨大人瘆得慌:"啊?哪儿呢?哪儿有裂纹啊?"

和尚过来了。"你看,"他摸了摸杨大人的脖子,"你看你看,就这儿,你看这儿。"

杨大人觉得脖子上黏黏糊糊的,其实是菜汤,罗汉爷摸了好些菜,沾了一手的菜汤。

"您算得准吗?"

"挺准,你要是不死你找我。"

"找你能……"

"我能让你死！"

"圣僧玩笑了，玩笑了！"旁边赵大人过来了："年兄，来，借一步讲话。"

赵大人把杨大人叫到边上来，在耳边用低低的声音说了几句话："他真是圣僧，不拘小节，秦相的替僧，我们今天来，也是他带着我们，奉秦相的军谕，我们前去拿贼。仁兄您听他的话，他说的没有不灵的。"

杨大人这才点点头。他走到罗汉爷跟前说："圣僧啊，想我杨再田，念书之人，也没有得罪过什么人，怎么会有仇家夜半三更要来取我的人头呢？"

"很简单，没有家贼引不来外鬼。"

"哦，那您看我家中何人勾引贼人？"

"把你家人、管家、丫鬟都叫来，我给你看看。"

瞧来瞧去，就在队伍里，站着一个小小子，十八九岁，长得还挺俊，黄白净子，丹眉细眼，挺精神。罗汉爷一指他："你出来。"满屋子人的眼睛都搁在他身上了。杨再田说："圣僧，您要说别人有害我之心我还相信，他不是那种人。他父亲是我们家的老管家，我父亲活着的时候，他爹就在我们家管事，而且他爸爸刚去世，这孩子忠厚善良，心眼特别好，他不可能勾引坏人前来杀我。"

小孩都傻了，眼珠子瞪得老大："和尚，你，你可别冤枉我啊。"

罗汉爷乐了："小孩，今天白天你在门口站着来着吧？"

"站着来着。"

"你就那么站着吗?"

"我扫地来着啊!"

"扫完地,有没有人跟你说话啊?"

"有啊!"

"有人问你打成都府回来的杨大人是不是住这儿,你说是!"

"对啊,我就说了个'是'。"

"对啊,你要说不是他不就不来的嘛!就是这一句话啊!那就是杀你家老爷的坏人,他一会儿就来,来了之后你们就有麻烦了,你说是不是没有家贼引不来外鬼?"

小孩傻了:"我哪儿知道谁是谁啊?站在门口有人问一句,可不就说是呗。"

杨再田站起来一躬到地:"圣僧,方才多有怠慢。"

"不叫事不叫事啊,你们家这伙食差了点儿。"罗汉爷还没忘海参。

"啊啊,待天亮之后,我让他们买海参去,管保让您大快朵颐,但是今晚?"

"你看我带来的这几个人了吗?就是救你来的。"

"哦,是是是,您怎么救我?"

"你待会儿回屋睡觉,你认识赵老大吧?"

"我们是年兄年弟。"

"好,让他就在这儿坐着替你好不好,三更三点来人,一刀给他切了,你没事。"

赵大人站起来了:"我呢?大老远没吃饭,带着我出去溜达,然后送死来了?我有功劳,我还吹大门呢,是吧!"一府黄堂被挤对得胡说八道了。

和尚乐,大伙也乐,知道他是开玩笑。这四位头儿过来了:"活佛,神仙,您别闹了,三更三点都快到了,您说怎么着,怎么安排吧。"

"你们四个各拿兵刃,守住院子的四个角,想着抬头往上看。其他事有我。"

"哦,好嘞好嘞。"

两位大人说:"那我们俩?"

"就在这屋坐着,坐着啊,别害怕,都有我呢!"

"好嘞!"

"有酒吗?我喝儿点酒。"

"有有有!"

有人搬出一坛子黄酒,把泥头打去,倒在碗里边,和尚坐在这儿喝着酒,盯着刚才那桌菜中的肘子。"得了,吃点儿素吧。"他啃肘子,喝酒。院里四位头儿,柴、杜、田、万,一人拿着一把刀,站在院子的四个角落等着。

耳听谯楼上鼓打三更三点,院墙外边,"啪"地一个人翻上来,就落在墙头上,先看看院里有没有动静。他刚蹲好,就觉得有一只手推他,一下就掉下去了,摔在墙外边。

"哎哟哟!"他躺在地上,歪在那儿,"是我没站稳吗?墙坏了?"站起来先看看身后,没有什么人,心想可能是没站稳,又看看墙头,院墙很新。他心想再来吧,退后几步,垫步拧腰往上一蹿,"腾"地上去了,蹲在墙头上喘口气,感觉又有只手推他脑门。

"哎呀!"这是怎么回事?他站起来,心想:今天出门没看皇历,这得亏是我一个人来,这要两个人来,人家得乐死。得了,我别玩票了。

他从怀里把飞抓掏出来了,扔上去,钩到墙那头,揽着绳子往上走,一步一步地,还差一步到墙头了,就觉得这绳子松了……

他坐那儿晕乎了五分钟,心想:要不然我回去吧,我使飞抓从来没有失过手,这回抓都没了,就剩一绳子头了,这奇了怪了。这不对,我不能吃这个亏,我再来!

他蹿起来,往墙头上爬,终归是有功夫的,两下上去了,这回没在墙头蹲着,他直接一翻,翻到院里去了,跳到院子正当中。院子里没有树,因为不是老宅子,而且杨大人一直在成都当官,这里原来是老太太住,老太太害怕有树引贼人,所以不让种树。故宫院子里也没有树,怕有刺客。

贼人蹲在院当中,没地方躲,只能先听听有没有动静,没动静。他再一抬头,冷汗下来了。墙角那儿站着人,再回头这墙角也有人,四个墙角分别站一人,拿把刀往上看。蹲着的这个很尴尬,心想:

我走是不走,我要不走,一会儿人家过来问我,"你哪儿的",我说"我迷路了",不像话!可是我要站起来,他们四个打我怎么办?

这五个人僵持住了,很安静,谁也不搭理谁。天越来越亮了,屋里的人吃得差不多了,和尚把肘子撂下:"我得出去看看,他们五个累了!"

可不累了吗!那四个颈椎病都犯了!一出来,和尚拿手一指:"捆上他,捆上他!""好嘞!"有了这句话,四个人扑过来了。这人站起来要跑,一下就被摁在那儿了,抹肩头拢二背,寒鸦凫水,四马倒攒蹄,被捆得结结实实。找抬猪的大杠子,从当间穿心杠,抬走。抬起来,刚要出门,大门开了,临安府府衙的轿子到了。

府里的二爷托着冠袍带履说:"我们前来迎接知府大人。打更的李二让我们天亮带着衣服来。"

二爷托着衣服进来,给大人先换衣服。杨再田千恩万谢。

大伙奔秦相府。秦丞相一宿没睡觉,实在人,困得都不行了也没睡。后来手底下几个差人和管家都劝:"您眯瞪会儿。""不行不行,活佛说不让眯瞪,你们睡去,你们睡去。"这几个差人冲了个盹,相爷给大伙值更。

天亮了,差人回来了:"回来了,贼人拿到!"

秦丞相说:"大胆的华云龙啊,终于拿到你了。"

"来呀,带进来。"

抬进来,到门口撤去杠子,差人把这人拎过来,往地上一放。

秦相爷瞧了瞧，打着哈欠问："这贼人！你叫什么名字？"

这小子真横："你大太爷华云龙！"

秦相爷喝道："大胆的畜生，我问你，我的白玉镯还有凤冠呢？"

"我卖了。"

"卖多少钱？"

"五两银子。"

"哎呀！不识货的混账东西啊！卖五两银子，你卖哪儿了呀？"秦相爷正着急，打外边"嘚嗒嘚嗒嘚嗒"，罗汉爷进来了。一进来，他也不和谁打招呼，直接奔这贼来了，一口啐在脸上，糨糨糊糊，当时这人就睁不开眼了！

和尚跺着脚地骂街："你不要脸，姓华那么露脸啊？你看你哪儿配姓华啊？"

屋里的人都傻了，疑惑地问："罗汉爷什么意思啊？"

"你问他，你问他他爸爸叫什么？他凭什么叫华云龙啊？"

大伙一抖搂手："哦，不是华云龙啊！"

"你自个说，你叫什么！"

"哎呀！你们给我把脸擦了我就说，不擦不说，擦了什么都说。"

"给他擦！"

相爷说："这贼子，你姓什么叫什么？怎么回事啊？"

"哎呀，我全说我全说，我不是华云龙，我叫王通，江湖上有个外号铁腿猿猴。"这是和华云龙联手作案的那个，二贼之一。

为什么他今天要行刺杨再田？因为临安城他们待不了了，走之前他想起杨再田跟他有仇。杨再田是成都府的知府，他们这几个都是从成都府跑出来的，都有案底。尤其是王通的亲哥哥也是一大贼，就是被杨再田逮着的，拘监入狱，后来死在大堂上了。

他把这事一说，秦相爷点点头："哦，原来是这个样子。"

现在就差乾坤盗鼠华云龙了。至于王通，钉肘收监，拿着华云龙，到时候法场上开刀问斩。

将王通押下去之后，秦相爷问罗汉爷："接下来怎么办？一事不烦二主，除了罗汉爷别人办不了，只要您说得出条件来，我件件依从。"

罗汉爷点点头："好，这个柴跟杜啊，哥俩挺辛苦，你先拿二百两银子，一人给一百，算是奖励。"

"好嘞。"

"您出一个海捕公文，明天开始我带着这俩头儿，走遍天下给你拿华云龙。"出手续，整理一切东西，天光大亮了，三堂官回衙办事。罗汉爷带着柴、杜两位，要走遍天下捉拿华云龙。

第4回

会英楼惜走狂盗
师徒聚暗箭伤人

> 红尘波浪两茫茫,忍辱柔和是妙方。
> 从来硬弩弦先断,自古钢刀口易伤。
> 人为贪财身先丧,鸟为夺食命早亡。
> 任你奸猾多取巧,难免荒郊土内藏。

"神仙,咱们奔哪儿去啊?"老杜问。

"前面十里地,有个人上吊了。不把他救下来,你们这差事完

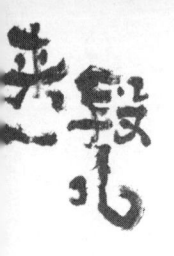

不了。"

俩差人一听，坏了，华云龙上吊了。离着老远追着去，一瞧人已经挂上了。俩头儿急了，赶紧摘，抱着腿往上拖，往上顺绳扣，把人搂在怀里边了。

一瞧，花白的胡子，五十来岁的模样。这是华云龙还是华云龙的爸爸？一顿抹前胸捶后背,连咳嗽带吐,好不容易把人唤醒过来了。

人活得好好的，干吗要死呢？二人一打听，原来这老头姓傅，叫傅有德，是安徽肥东县的县太爷冯文泰家的管家。这个县官是个大清官，人很好，但是得了急病死在任上，家里边撇下一个媳妇一个闺女。

老管家帮助料理后事，都料理完了之后，正说起这娘俩下一步的打算呢，姑娘的婆家来信了。他们听说县太爷去世了，就打算把闺女娶过去，一家人也能相互照应。

这原本是件好事。但是闺女她妈一琢磨，现在家里穷得跟什么似的，就这么一个闺女，却连点彩礼都拿不出来，以后嫁过去万一被说闲话怎么办？当娘的心里难受，坐在屋里哭。这怎么办呢？得跟老管家商量。

老管家说，咱们出去借也没地儿借去，要不问问亲戚还有没有？

这一说，夫人想起来了，她有个弟弟在镇江做推官，就是衙门口里边负责刑侦的官员。

老管家打安徽出来，去镇江找孩子的舅舅。把事情一说，舅舅哭了一通。"这事儿我得管，我交代你两件事。第一，我拿六百两银子给你带回去，你拿回去跟我姐姐说，有一部分是给我外甥女当陪嫁的，剩下的让我姐姐搁在手里边，把东西拾掇拾掇弄个车拉到镇江来，我们在一块儿住，我来照顾她。"

六百两银子不好拿，老管家于是将银子换成了黄金。总共十二锭黄金，用一个小包包好了。今天走到这儿，老管家突然间觉得浑身难受，肚子拧着疼，于是打算先在这树林这儿歇一会儿。刚坐了一会儿，打这边来了一个人，拿着一根绳子走到跟前，问他干吗在这儿叫唤。老头说："我难受，也不知道是吃坏了还是胃肠难受。"这主儿说："我这儿倒有药。"他掏出一个药丸给老头吃。老头吃完之后觉得还挺舒服，倚着树就睡着了。再睁眼，身上的金子没了，地上就剩那根绳子。

老头一琢磨，这可怎么办呢？我是进退两难，回去见主母，娘俩眼睁睁等钱活命呢，我回去分文无有，这没用；我要回镇江见到舅老爷又怎么说，人家舅老爷信不信还是一回事呢。想来想去我还有一根绳子，送药的人是个好人，给我吃药还给我留了根绳子。那我就死了吧！

要是自己一个人死了就死了，没想到被柴、杜二人救了下来，被人问起伤心事，老头不由得埋怨起二人来。

柴头儿瞧瞧老杜，老杜乐了："你别害怕，摘你下来有我们的道理。待会儿大路那边会跑过来一个疯和尚，你一把搂住了他，你的钱冲他要。"

老头现在是有病乱投医，"和尚管用吗？"

"管用。但是你想好了，你可要一把搂住了。这和尚又脏又臭，

你在乎不在乎？"

"不在乎，哪怕身上馊了都行。"

有这么二十来分钟，罗汉爷出现在路口，一边走一边哼哼唧唧，也不知道唱的是什么。

老头揉揉眼睛，咬着牙往上冲，一把就搂住了和尚。就这一下差点没呛死，又酸又臭又腥气，一瞧这和尚怎么这么脏？站那儿愣了。

和尚的脸上看着有点害羞，看见二位头儿抱着肩膀在一旁乐。"你们俩缺德不缺德？是你们俩出主意让他搂我是吧？怪害臊的。"

二位头儿说："行了，有人抱您，您还害臊。他这也是命里该着。神仙，这是您的主意是不是？这个人等着您断案呢，您看这事怎么办？"

和尚瞧了瞧老头，"多少钱？"

"您真是神仙。六百两银子换了十二锭黄金。"

"没有。"

老头站起来，擦了擦眼泪。人到了绝路是一点办法也没有。"这位和尚，我也不知您怎么称呼，反正现在这个状态，要是不救我，你们就是亲眼瞧见我死。我是实在没法了。"

和尚乐了："没事，你跟着我们走。你看他俩这穿着打扮，看上去是老百姓，其实是官差。我们出去办点事，你跟着我们，只要看见有人冲我扑过来，大喊一声，那个人就能给你钱。"

老头心想反正也没地方去了,死马当活马医吧。

几个人往前溜达着。老杜问:"神仙,咱奔哪儿啊?"

"头里有个村子,叫千家口,咱们上千家口找华云龙去。"

再往前走,就到了一个很热闹的街道。路边闪出两个人,看穿着打扮,是两个练武术的达官。一个有胡子,紫微微的脸;一个是黄白净子,三绺须。二人皱着眉头,挺着急的样子,走着走着,一回头就瞧见罗汉爷了。

二人喜出望外,赶紧过来一撩衣裳,"咕噔"就跪下了。"活佛,您在这儿呢?"

"起来吧。"

二人站起来,看着罗汉爷眼圈都红了。"活佛呀,可看见您了!我们找您,如钻冰取火,轧沙求油。"从冰块中找火,在沙粒中榨油,这人得魔怔成什么样?

这两位是保镖的达官,陈忠、李孝,保一趟镖,护送一位叫王贵的客人。王贵病了,找了一大夫。这大夫在当地算手艺还不错的。没想到来的道儿上,大夫碰见一朋友。这朋友是一个大夫的票友,就爱给人看病,因为他们家都是病秧子,他祖父、他叔父、他伯父、他舅舅都是病人,他自己也是从小喝汤药长大的,所以他一直认为自己就是医生。票友大夫说:"你甭管了这个,我替你去好不好?"正赶上那大夫还有一个病人:"那我这……你行?""你放心,这样的病人我送死好几个了,我去。"票友大夫给王贵开药,把药开反了,王贵病得越来越重,就病在店里起不来了。

陈忠、李孝一顿干着急,最后想起来了,杭州灵隐寺活佛济癫长老是活神仙。他在身上搓块泥,就能让人病好。

"咱们得找他去,哪怕不在,是吧?看看哪儿能碰见他,咱们带点泥回来也行啊。"二人跑了趟灵隐寺,不在,急得都不行了,没想到今天在这儿遇上了。

哥俩磕了头,站起来把事一说:"得求您,人命关天!您得跟我们去。王贵原本三五天就够呛了,碰见您了,没问题,求您了!"

"不叫事,先得吃饭,饿了。"

"那走,咱吃饭去,吃饭去。"

到前面,街的正当中有一饭店,挑着幌子——会英楼,是当地最大的饭店了。

几个人站在会英楼下,抬头看幌子,六个人四种心思。两位头儿——赶紧吃,赶紧逮华云龙;两位达官——您赶紧吃,吃完看病;老头——谁扑过来救我谁给我钱;只有和尚——我要吃饭。

"就是这儿啊?"

"是这儿。"两位达官说,"您看这儿行不行啊?"

"行,别太脏,脏吃不了,我有洁癖,我先看看。"

他打头阵站在那儿。伙计忙活着一回头:嚯!这和尚怎么都招苍蝇了?"那个……大师父,您怎么着?""吃饭。""啊?""我想吃饭。""哦,想吧,想吧。"

和尚乐了，后边两位达官、两位头儿冲伙计嚷道："吃饭，哪儿那么些废话！"

和尚过来了："有雅间吗？"

"有一间雅间。我们这房子盖得有问题，就一间雅间。刚才有三个人已经占了。二楼也行，大八仙桌子、靠背椅，挨着窗户，坐在那儿看着风景也挺好。"

"那不行，我得先上去看看。我得上雅间吃饭，我看不了别人吃饭吧唧嘴。我先上去，你们等着我啊。"

伙计一瞧：这和尚有手段啊，这几个人看着挺有钱，还带着一老管家出来，那肯定有人结账。和尚上楼，楼上真的只有一间雅间。雅间里，刚拜把子的三个人在聚会，他们刚坐好还没来得及点菜，正聊天，和尚一挑帘子探头进来了："待会儿我结账，随便吃。"

三人纳闷：谁的朋友？但是和尚一说话，三人还都很礼貌，站起来。没等他们客气，和尚就走了。

"你瞧，是你们哥俩的朋友吗？"

"不认识，是大哥的朋友？"

"我也想不起来了。"

"那怎么？"

"那吃呗，哎呀，有日子没来这饭馆了，它是不是脏啊？有味儿！"

"坐吧。" 这一坐，"哎哟！怎么扎屁股呢？"回头看，凳子

上没东西。可只要坐，就觉得扎得慌。三人觉得不对，这屋有邪性，有味道！

"是不是有人死在这屋里？不干净啊！咱们走吧。"三人出来了，找别的地方吃，把这雅间腾出来了。

和尚带着那五个人赶紧上楼。来到屋里一坐，准备点菜。伙计过来问："几位爷，吃点什么？"

"有海参吗？葱烧海参、肘子，弄点儿酒，素素净净得了，上菜吧。"几个人吃着，一会儿的工夫，大盘的海参来了。

和尚先玩海参，下手抓。"热！"热也抓，"呲溜呲溜"，海参满屋子飞！那几位就看着和尚在这儿玩海参。

没过多久，听到外头，"兄弟！""哥哥！""请！""请！"

"噔噔噔"，上来三位，三个江洋大盗。当中这位是乾坤盗鼠华云龙。罗汉爷算得就是这么严谨。这几位在雅间，那三位在外边。

那么华云龙是和谁一起来的？所有的事情都料理完了，华云龙知道自己这次罪过不小，一刀连伤两命尚在其次，夜入秦相府这个祸比较大，丞相绝不会轻饶，所以必须得走。他把野鸡溜子打发走了，把铁腿猿猴打发走了，最后就剩自己了。这华云龙还挺横，在杭州住了几天，然后才奔钱塘。他没有着急赶路，在这儿住一天半天，腻了再换下一个地方，差不多三里地换一地方。

这一天，天刚蒙蒙亮，他就出来了，想早点儿赶路，人少。往外一走，路边闪出一个人，拿着刀。"此山是我开，此树是我栽，要打此处过，留下买路财。"

华云龙怕吗？不怕，都是同行，怕什么？人的名，树的影，华云龙不怕这个。他定睛观瞧，一瞧这主儿，他认识，便叫："兄弟！"

"咳，你瞧，咳，华二哥！"这人管他叫华二哥，撩衣裳跪倒，华云龙把他搀起来了。

这个人的名字很好听，叫雷鸣。他父亲是念书的，他从小是学武的。长大到叛逆期，他行走江湖了。他很单纯，认为他们干的都是正经事，是一个半缺心眼的愣小子。

"哥哥，您挺好的呀？"

"我挺好的，你干吗去？"

"我找我哥们儿。"

雷鸣要找的是"圣手白猿"陈亮。陈亮是济公长老的徒弟，俗家弟子，他最怕济公。之前，爷俩挺好的时候，罗汉爷说："我给你落发出家吧？""哦，您要给我落发，怎么落发？""一壶开水，先浇浇脑袋，然后拿菜刀把头发切了。""哎呀！"圣手白猿陈亮一琢磨：这不是剃头，这是切头皮。他被吓跑了！

"咱们哥们儿遇见了，找地儿喝酒去吧。"二人正往前走，碰见陈亮了。"哎，亮子，你干吗去了？"

"我没事儿，我跑了。"

"怎么都跑？你是躲什么呀？"

"咳，我躲那开水烫头、菜刀理发。我活不了了！"

"那就得了，咱哥仨聊会儿吧，吃饭去。"

三人就这样到了会英楼。推杯换盏，聊着聊着，就说到华云龙的案子上。雷鸣喝了酒："这不叫事儿，绿林人行侠仗义，替天行道！好事儿，支持。"

陈亮的话就文绉绉了："别喊，现如今临安府派了两位头儿跟着活佛济癫，普天下要抓华二哥。这个地方人多嘴杂，你知道谁是官面儿的？你别喊。"

"那怕什么呀？二哥你怕不怕？"

华云龙乐了："事儿都干了，我有什么可怕的？"

"罢了，华二哥英雄好汉！"

话音刚落，耳边厢有人喊了一声："拿华云龙！"

话音一落，也就是一秒钟的时间，华云龙站起身来，推开窗户，"腾"地翻出去，消失在人群里。

雷鸣、陈亮这儿看看那儿看看。"怎么回事儿？哪儿出的声音？"

陈亮说："我听到是楼梯下边喊，是不是来人了？"

"我管他是谁呢！"雷鸣把刀举起来，两步就到楼梯口了。"我倒要看看是谁？"

也不知道从哪儿传来一个声音："定！"

雷鸣站着不动了。陈亮看了，心想："坏了，这是定身法呀！"楼底下，一个伙计上菜，端着一大托盘四碟子菜。"来喽！"他一眼瞧见举着刀的雷鸣，"我的妈呀！"脚底一滑，盘子掉在地上，连人带菜碟滚下去了。

雷鸣动不了。陈亮过来喊他，正纳闷呢，身后有人拍他。"你干吗去了？"

陈亮一回头，"师父。"随即一转身，撩衣裳跪倒："徒儿大礼参拜。"

"跪着别起来。开水呢？"

"别别！改天……改天！您这一说我头皮都发麻了！"陈亮站起来了，拿手一指站着不动的雷鸣，"师父，这个？"

"没事儿，他不是挺横的吗，我让他歇会儿。"

"是，他是我一个朋友，人特别好，实心眼。您发发慈悲。"

"过来。"和尚一指，法术撤了。

陈亮赶紧叫他过来："这是我师父，是个活佛。我师父也是你师父，快来快来，磕头。"

雷鸣嘴上说："哦哦哦，好好好，师父。"心里却想着："待会儿我再杀你，明枪容易躲，暗箭最难防。"

"好，打今儿起，你们俩都是我徒弟。"

华云龙刚刚跳窗逃了，房间里就多了一个座位。和尚刚坐下，雷鸣就把凳子往他那边挪了挪。和尚看他过来，往一旁躲了躲。

"师父，您干吗呀？"

"你身上有味儿,我要躲你远一点。我告诉你小子,明枪容易躲,暗箭最难防。"

雷鸣愣了,这是他刚刚磕头时的心里话呀,没想到这人说出来了。"来,师父,我敬你一杯。"

和尚真就把酒接过来了,拿袖子挡着杯子。他哪会这样喝酒呢!

雷鸣一瞧,他挡着脸呢,机会来了,于是把刀抽出来了。

和尚见状撒下袖子,说了一声"定",雷鸣又站住了。

陈亮在一旁直抖手,"哎哟,这是干什么呀。师父您原谅他,他是个老实人。"

"你拉倒吧你,一会儿工夫他弄我两回了,这还是老实人呢?不得了,快救命啊!"

喊了一声救命,雅间坐的几位"呼啦"站起来,奔这屋来了。一上来没有动静,就看见一个人拿着刀站着。

"神仙,怎么着?"

"刚才华云龙来了,又打窗户口出去了。我来不及喊你们。"

"这华云龙长什么样呀,是怎么跑的?"

"我也没看见呀。我就随便喊了一嗓子,就有一个跳楼的。"

陈亮脸上不好看,一个劲儿地打圆场。

和尚说:"没事儿,来,你们还上屋吃去。"

活佛把雷鸣放了。雷鸣自告奋勇给酒楼老板赔了刚刚混乱中造成的损失，让他备酒备菜。酒菜重新上来了，雷鸣走上前说，"师父，我也是个混蛋，您别往心里去。我有点事想跟您商量，咱们借一步说话，找一处清静地方，您看好不好？"

"好，我跟你走，哪里都敢去，弄死我都认了。"

陈亮一瞧，他得跟着去，怕弄出事来不好看。

那几位都留在酒楼吃饭，雷鸣、陈亮跟罗汉爷打楼上下来了。

这一下来，和尚说："在这儿说行吗？这里人多，万一你害死我，他们看见有人管。"

"咱们往那边。"

"那边有坟地。好吧，我死了就埋那儿了。"

"您看这话让您说的，那边清静，咱们那边说去吧。"

雷鸣、陈亮、和尚三人往前去了二里地，树林边上真有一片坟地，坟地边上的空地有一个石桌子，还有几块大石头当座。每年清明节的时候，人家愿意带着酒在这里踏青、聊天。

"师父，您坐。"

和尚坐当间，雷鸣、陈亮一人一边。雷鸣把一早让酒楼老板准备的酱肉、熏鸡蛋掏出来，又晃了晃手里的酒。这酒里头搁了蒙汗药。蒙汗药原本也不是雷鸣的，一天他碰见一个要用蒙汗药害人的旧识，便将此人杀了，把蒙汗药留下了。

"师父。"雷鸣一个头磕在地上。"师徒如父子。我们今天管您叫师父了,咱们可就是一家人了。刚才我们哥俩吃饭,还有一个朋友,乾坤盗鼠华云龙。他是西川路上的英雄豪杰,听闻他这一次惹了大祸。我想问一问,他跟您远日无冤近日无仇,也没有大闹灵隐寺,也没偷您的五佛冠,拿了您的袈裟,您为什么带着官府的人满处抓他?这个说不过去了。您说呢,师父?"

"孩子,你还小。他虽然说没上灵隐寺,但是上了乌竹庵了。"

"乌竹庵是尼姑庵呀?"

"尼姑庵也不行,他去了我就没法去了。"

"师父您这叫什么话?"

陈亮在旁边一直看着。"行了,这个不叫事儿。咱们回去吧,还有一大帮朋友等着呢。"陈亮善良,就希望大伙儿都好。

"师父,您来吃点东西。刚才没吃好。来个熏鸡蛋。"

"不想吃这个。有海参吗?"

"没有。刚才伙计跟我说了,今天的酒楼都没海参,也不知道被谁都弄走了,只有肉跟鸡蛋。"

"什么话!我喝点酒吧。"

"好好好。"

酒搁在桌上了。陈亮抓过来,"我先。我来敬师父。"

雷鸣一把抢过来了,"你不配。你凭什么喝这酒?不能喝。师父,这是孝敬您的。"

"亮子,我就问你一句话,有一天,师父要是死了怎么办?"

"师父,您是神仙,神仙哪能死啊?"

"神仙也得死。"

"您要这么说,有一天您要是没了,我披麻戴孝,顶丧驾灵,打幡抱罐,跟您亲儿子是一样的。"

"好,好,不白疼你,回去我就坐开水给你剃头。可我要是让人给害死了呢?"

"师父,要是有人害死了您,我走遍天涯海角给您报仇。"

"好。我问你,我要是让人害死了……"

"刚才不是说一遍了吗?我走遍天涯海角给您报仇。师父您这是怎么了?"

连问了十遍,和尚点点头说,"好,这我就放心了。"端起酒来,一口气全喝了,啪的一声响,把碗往地上一扔,"我死了啊。"然后"咣当"往后一仰,躺在那儿了。

雷鸣乐了,陈亮可傻了,"哎呀,你那个酒里边……"

"哎呀,我以为他是个大罗神仙,万没想到他也有这个时候。天堂有路你不走,地狱无门自来投。怎么着?今天你算是死在我手里边了。"

"哎呀!"陈亮直跺脚。

雷鸣一伸手，把和尚揪过来夹在疙瘩窝下边，"我给他扔河里去。"

旁边不远有条河。雷鸣这边刚要扔，陈亮就要抢。

"走你的吧。"雷鸣挣脱陈亮，把和尚扔进水里。只见那水里咕嘟咕嘟地冒泡。

雷鸣开心了。这下更完，和尚喝了药酒，水再一呛，他肯定……他怎么上来了？

和尚突然站起来了，头发立着，一脸的滋泥。半拉身子立在水上，龇着牙无声地乐着。

雷鸣一瞧瘆得慌，转身就跑，"走走走，快走。"

陈亮心里多少就明白点了，先跟着他跑。俩人往前走，一下子扎出去二里地。到前面有一个土坡。

"哎，你刚才瞧见了吗？瞧见他在水里站起来了吗？"

"瞧见了。"

"他到底是死了还是没死？"

"那谁知道去？"

"你给他喝的什么？是砒霜还是什么？"

"蒙汗药。"

"是不是见了水，这蒙汗药的药劲就下去了？"

"不至于。"

"他到底死没死？"

正纳闷，土坡后边有人乐。两人一探头，瞧见和尚就跟在后面坐着。

"哎呀，我可冤了，我喝了酒，又淹死了，大庙不守小庙不留。我没地儿去，谁害我，我就跟着谁了。"

雷鸣一瞧，撒丫子就跑，这一下跑出三里多地去，找一棵大树依着，都喘不上气来了。

陈亮也跟着，"哎，我招谁惹谁了？我劝你，你不听，你这不是没影的事儿吗？"

两人跑得口干舌燥的，商量一会儿找个茶馆喝点水去。突然下雨了，再一抬头，哎哟，是和尚在这儿撒尿呢！

第5回

一程嬉闹一程事
　千般慈悲千般恩

> 铁甲将军夜度关，
> 朝臣待漏五更寒。
> 山似日高僧未起，
> 看来名利不如闲！

　　雷鸣、陈亮吓坏了，要跑还没跑，活佛打上面下来了，拿手一指，这俩小子就搁这儿动不了了。

话分两头，适才和济公一同出来是一大帮人，有两个头儿，两个保镖的达官，再加上倒霉蛋傅有德。

刚才在酒楼吃饭饮酒，罗汉爷跑了，剩这几个人吃完饭，等了老半天。两位达官说："咱们这样，先上我们那客店去一趟。我们给人保镖，护送的客人还在那儿住着，出来找和尚就是给他治病。每天不看见他，我们心里不踏实。连人带钱带货物很多，万一他真死在那儿，我们没法交代。您几位干脆跟我们一块去吧。"这几个人缕缕行行从酒店出来，赶奔客店。

来到客店，王贵正发愁。打外边一撩帘子，进来好几位。头里这俩人他认识，是保镖的达官，后面俩人不认识，紧后头还有一个五十来岁的老头。

两位达官过来了："大爷，今儿好点儿吗？"

"不行，估计是够呛了。"

"您别价！您才三十出头，哪能这样呢？给您道喜！"

"啊，要死啊！"有时候话有多重意义，比如娶媳妇，"给您道喜"，这是好话；死囚犯睡得香香的，"起来，给您道喜"，这是要杀头了。王贵这是多想了。

"不至于，我们不是给您求医问药去了吗？"

"是啊，之前不是找了一个大夫吗？"这里指的是开错药的那个"票友大夫"。

"不是那个。我们给您找和尚去了，灵隐寺的得道高僧，都说

是真罗汉的济公长老。我们给您找他去了。他也答应了，说回来上这儿来。"

"哦，好好，我有过耳闻，知道有这么一个和尚，很厉害。那他来了没有？"

"哦，还没呢，还没呢，等着吧。"

"这几位是？"

"这都是我们今天认识的朋友。来，坐下，都坐下吧。"

屋里说话，外头客店的掌柜就听见了。掌柜一听说济公长老要来，挺开心，心想他来了，我这病也好了。原来掌柜的后背长了个疽，这东西要是不治疗，后果还挺严重。听闻一会儿要来一和尚，想到这和尚来了给他治完也能给我治治，这就行了。

掌柜的站在门口等着。有这么二三十分钟，打这边来了一个和尚，穿着一身破衣烂衫，脚下的鞋子都张了嘴，头发二寸来长，一脸的油泥。打鼻子一闻，这人身上馊不唧儿，酸不唧儿，还有点腥气，来了就站在门口斜眼瞧着掌柜的。

掌柜的被看得挺不自在，"干吗？住店？我们这儿是大客店！"

"是，我可着这边转了一圈了，就属你这儿小。"

掌柜的把脸扭过去了，心说我别搭理他了。这一转过去，和尚过来了，奔他这后腰的疽"噗"地打了过去。掌柜的疼得嗷嗷直叫，"吭当"就躺在地上了。

伙计们出来了，赶紧搀扶。二位达官、柴头、杜头，连傅有德都出来了。"这是怎么回事?"

和尚说,"他欺负人!他放暗器。他腰里边有一个暗器火药,他崩我!"

大伙儿都乐了,回头告诉掌柜的:"你不认识他吗?这就是我们说的活神仙。"

"好好,神仙比流氓还厉害。那我这顿打算是白挨了?"

"不是打你,我是给你治病。来,把衣裳给他解开。"

衣服解开了,一瞧好家伙,这么大一窟窿,脓血全流干净了。和尚又拿一个勺子,给他背后刮干净了,再拿手捂在窟窿上面,连抓了几下,手拿开,伤口长好了。

"真是活神仙!平整了,我那窟窿没了。"

"它是挪到那边去了。"

"您别跟我闹着玩,怎么会长到这边来了?"

"我跟你说你为什么得这病。你心眼太小,跟伙计们你也净算计,以后你不能这样,你要是这样的话,你好不了。你要听话,这东西自己就没了。"

"好好……我听您的,以后我对他们好一点得了。"

"你这不算病,我瞧瞧屋里。"这才进来里屋。

王贵听半天了,帘栊被挑开了,随着一股怪味,进来一和尚。

"躺好躺好，病好点儿了没？"

"没有啊，得亏把您盼来了。活佛，您救命啊！"

"没事儿，等着。你是愿意彻底好还是留着根儿解闷啊？"

"彻底好。"

"行，等会儿啊。"和尚一伸手，在衣服里搓。他也不说话，就在这儿搓，一屋子人都看着。他搓到最后，掏出来了，放在手里捻。"等会儿啊，我给你弄好点儿，弄圆乎着好咽。"他拿出来一个大泥球，"来，吃吧。"

王贵亲眼看着加工的过程。"还，还，还有别的方子吗？"

"那就得弄脚了。"

"给我！给我！"要吃从脚上搓下来的，就还不如死去！

"你这个病吃这个就行，不用吃脚上的，那个药劲儿大。"

"是是，看出来了。"

二位达官给倒了一杯水，王贵接过来："两位达官，我吃药之前有几句话说。咱们也算有缘分，千里迢迢保着我由北往南，实指望到家去好好做生意，万没想到半路我得了病了。如果说我有个三长两短，你们把我遗体和东西都送到家去。这辈子不能报答，下辈……"

"不是，您不吃药吗？"

"我怕吃死。"

"您吃，没问题，吃吧。"

"好，我吃。"含到嘴里边，"太咸啊！"

"别废话！快，快吃！"

"哎，吃。"拿水咽下去了。

"躺下。"

王贵躺下之后，就觉着肚子里这颗药丸上下翻滚来回地走，在肚子里转，转到最后，突然间觉得自己神清气爽，整个人状态都不一样了。

王贵坐起来："哎呀！神仙，您真是神仙！"

"觉着怎么样？"

"觉得和我二十来岁时的状态差不多，像二十一岁似的。"

"哦，吃脚那个没准更好。"

"还来得及吗？"

"没有了。行了，你先这么着吧，最起码保证你这些年不得病，踏实住了。"

"哎哟！我怎么谢您？"一撩衣裳，王贵从床上下来，"咕噔"跪下，磕了三个响头，"救命之恩，恩同再造！"

"起来，起来。"罗汉爷坐下了。

"赶紧沏茶，给大师父沏茶，快点快点！"

沏茶聊天，几个人说话。旁边坐着傅有德。傅有德刚才一直瞧着怎么吃药怎么治病，挺高兴。这会儿瞧着人家没事想起自己来了，心里不是滋味，怎么自己这事还没处理好呢？想到这里眼泪下来了，擦了擦眼睛。

王贵看见了："这位老者怎么了？"

"没事，给您道喜，您病体痊愈，差不多就该回家合家团聚，生意兴隆，挺好。"

"别，你怎么那么难过，眼泪都下来了，你也不舒服吗？师父，您让他啃脚。"

和尚摇摇头，"这个啃脚不管用。他缺钱。他那短六百两银子。"

"好好……我这有。"王贵是个好心眼的人，一转身打开旁边的小箱子，掏出六百两银票来，"给您。我这条命现如今是白得的，钱财乃身外之物，不碍事。"

傅有德接过来，眼泪哗哗的："我怎么谢您呢？活佛您真是神仙，真有人给我这六百两。"

和尚一回头："呸，你认识人家吗？那么大岁数拿人家的钱。"

一口浓痰正啐在傅有德脸上，老头又羞又臊："那我不要了，我……这……"

和尚乐了，打身上掏出一小包来，解开了，里面是十二锭黄金："你认识吗？"

"这是我丢那十二锭黄金。"

"你的意思是我偷的？这是你的不是？"

"是我的。"

"你的怎么在我这儿？"

"我哪知道呀。"

和尚把这包又系起来了，"来，给我都出来，都出来。"

众人来到客店的门口，和尚看着，"那边，偷金子的来了。"

打那边来了一男一女，前面走的男的三十出头，颧骨还挺高，眉毛往下耷拉着，小眼睛。这会儿，他的眼睛有点发狞。后边跟着的女的，看穿着打扮是个良家妇女，一边走一边叹气。俩人一路奔这客店来了。不错，这就是偷黄金的人。

这男的叫马茂，是此地的人士，从小到大没干过好事，一天到晚想方设法害人，家里的日子都没法过了。他还有个媳妇，媳妇人特别善良，可是嫁了这么个主儿，也没办法。这俩人平时不在一块住，马茂一天到晚耍钱闹鬼的没法待在家里，媳妇跟公公婆婆住在一起。

这些日子，因为赌钱赌得太多了，马茂欠下好些账。连蒙带骗再抢再骗，弄了点钱来，招了一大帮人找他要账。他一着急，拿着一根绳子找树林要上吊。在树林里看见一个老头喊肚子疼，他身上正好有点药丸，就给老头了。老头吃完之后觉得肚子好一点，倚着树睡着了。

马茂一琢磨，行路之人身上应该有东西，拿手一摸，摸出十二锭黄金。他拿着十二锭黄金没敢回家，芦苇荡旁边挖了个坑，先把金子埋好了，这才回家。

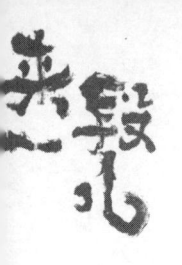

马茂上自己父亲母亲那去接媳妇，"跟我走，咱们家要发财。我这些日子修炼出了点石成金的本事，咱挖金子去。"

马茂带着媳妇就奔芦苇荡，到了埋金子的地方，伸手下去掏。这一掏，装金子的袋子没了，里面有一泡大粪。

这下怎么办呢，也不能再让媳妇回去呀。俩人于是继续向前走，就奔这客店来了。走到客店门口，马茂一抬头，跟活佛打了一个对脸，一跺脚抡圆了给自己先来了四个大嘴巴。"列位，我不是人，我不活着了。"马茂说完转身就跑。旁边不远是一条河，"扑通"一声，马茂就跳进河里淹死了。

所有的事都是冤冤相报。十二锭黄金物归原主。

和尚说："这回算是齐了，傅老头拿着找回的黄金该干吗干吗去，二位达官，你们还保着王贵，把人送回家。我带着二位头儿，我们干我们的事儿。"

从客店出来，往前走十里地，有一个镇子。走到这儿，和尚就乐了："我饿了，我要吃海参，我要玩海参。"

两位头儿乐了。"太好了！吃吧，您带钱了吗？"

"我没有钱啊。"

"哦，那您带着海参了？"

"海参没带着呀。"

"那咱们拿什么吃呀？"

"那你不能饿死我呀,是不是?咱先吃,吃完再说。"众人迈步就进了一家饭店。饭店不小,楼上是雅间,楼下是散座。伙计过来了问:"三位吃什么呀?包子、面条、米饭、炒菜都有。"伙计一看,估计这仨人也就来几屉包子,再来碗酸辣汤,就是这个命。

"海参。"

"啊?"

"海参。"

"哦,抻条面?有。"

"你懂人话吗?葱烧海参!得要勾汁儿勾得特别好,搁在手里一抓,呲溜呲溜地。"

"哦,那,那就要一个海参啊,包子呢?"

"楼上,上雅间儿。"

开饭馆的不能拦着,说:"那请吧。"

上来了,三人在大桌子这儿一坐,煎炒烹炸焖熘熬炖,上等海味一桌。尤其正当中,要一大盘葱烧海参,还要一个活鲫鱼,头尾烧汤,中段醋熘。

伙计心想:这和尚穿得不怎么样,吃东西很在行啊。一会儿的工夫,盘子摞盘子,碗摞碗,酒也端来了。"三位,请!请!"

两位头儿看着不敢吃,没钱。和尚招呼他俩:"还闲着干吗呀?来呀,请啊,谢谢两位请客!"

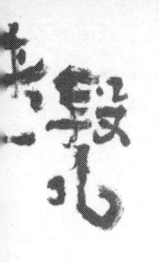

"哎哎哎，您别价！我们没钱。"

"吃吧，吃吧，那我先来了啊？"他下手撕这肘子，撕这鸡，玩海参，连吃带抹，弄得一脸一身都是汤。两位头儿看着他吃，吃着吃着吃高兴了，他还加菜加汤，这顿饭吃了两个钟头，吃得可开心了！

吃得差不多了，便喊："伙计，来算算多少钱！"

伙计来了："好，您真会吃！我们此地的大财主来了都不敢这么吃。应该是二十四两八钱，您给二十四两吧。"

"凭什么！你是人不是人？"

"不是……您怎么骂人？"

"二十四两多少？"

"二十四两八钱啊。"

"凭什么那八钱不要？"

"不是给您抹了零儿吗？"

"我用你抹？你是我孙子还是我儿子？"

"没有您这么不会说话的！行，那您给二十四两八钱。"

"凭什么呀？不会算账，给三十两。"

"谢谢您，活财神！得嘞，您赏下来吧。"

"赏！"

两位头儿抱着肩膀都没看他。赏？拿什么赏？净剩欣赏了。"哎，伙计，这都是这位大师父一人吃的，让他赏。"

"啊，是，您说了三十，您赏下来吧。"

"出来太慌促，没带。"

"您看这两位？"

"我们比他出来得还仓促，没有。"两位头儿说。

"不是，哎，大师父您也别给三十两了，您就给二十四两就成，要不然我没法交代呀。"

"凭什么？说三十就三十。"

"成成成，那您赏吧。"

"没带。"

"没带怎么办呢？"

"记账。"

"我们这儿没有账本。"

"买一个去，买一个就有了。"

"我们这儿不记账。"

"我给你写。"

"不是不会写，是不赊账。"

"为什么？"

"不为什么呀，好家伙！三十两一个，二十两一个，老这么赊，我们小本生意还干不干了？"

"哎呀！欺负人啊！这怎么吃饭还要钱啊？"

伙计愣了，心想吃饭凭什么不要钱啊！"哎，您可别讹人啊！"

正说着，掌柜的上来了。"怎么了？怎么了？"

"哎，掌柜的，吃饭这人，没带钱。"

"多少啊？"

"二十四两八，我说要二十四两。"

"啊，对，抹零，二十四两。"

"不是，人家非给三十。"

"谢谢呀！"

"我谢不了，他没带钱。"

"不是，您，大师父先别哭了。"

"哎哟，委屈死我了！太欺负人了，老天爷呀！你睁开眼，快把掌柜的劈了吧！"

掌柜的直抖搂手，心想："凭什么呀？吃饭不给钱，还拿雷劈了我！"

"师父，师父，您别……您怎么了您？"

"我没带钱啊。"

"是，那您说怎么办？"

"要不我吐出来还给你？"

"您吐出来我卖给谁呀？"

"吐出来，他们俩还没吃呢。"两位头儿差点儿没吐了，心想瞧着，看你怎么办？

就这会儿工夫，就听楼梯那儿"噔噔噔"，上来六七个人。打头的这二人一瞧就是有身份的，后边跟着的是家丁奴仆。前面走的这个人，身高一米八左右，黑灿灿一张脸，络腮胡子；旁边这个，黄白净子。俩人差四五岁的样子。黑脸蛋子是杭州的首富，姓郑，叫郑雄，外号叫"天王"。旁边这个是常山县人，文武双全，叫马俊，两个人是好兄弟。

马俊从常山来杭州找郑雄。到了杭州，马俊问："都挺好的？"

"挺好的。"

"我瞧瞧老太太。"

老太太眼睛不好。马俊一瞧老太太，惊讶道："嗬！睁着呢。老太太一直看不见，怎么好了呢？"

郑雄乐了："咳！我们这儿的灵隐寺有一个活佛济公，是他老人家把我母亲的眼睛治好的。"

马俊说:"太棒了!我母亲的眼睛也睁不开了。能不能带我见见这位活佛,请到常山县给老太太看眼睛呢?""好啊。"

郑雄、马俊奔灵隐寺去了。到那儿一找,人家说:"没在,也不知道他去哪儿了。"二人等两天又去,还是不在。这一晃,有半个月了。闲着没事,哥俩就出去玩,这儿喝酒,那儿逛逛,今天走到这儿了。这一上楼,一眼就看见和尚拍桌子正委屈。

"冤枉死我了!老天爷还讲王法吗?凭什么吃饭还要钱?"

旁边站着掌柜的,眼泪汪汪的。"凭什么吃饭不给钱?"

郑雄上来了,撩衣就拜,"哎哟!师父!"他又对马俊说:"哎哎,兄弟,快快,这就是活佛。"

"哦哦,是是是。"马俊也跪下了。

和尚说:"你们来得正好啊,哎呀!你们给评评理,我让人家给坑了。"

掌柜的差点儿没气死:"几位爷,您先起来,您给评评理啊。我们也没打人也没骂人,就事儿说事儿。他来了吃饭,好家伙,光海参要了多少,到最后一结账共二十四两八,我们说给二十四两,他非给三十两,但他没带钱,就哭上了,说我们坑他。这还讲理不讲理呀?"

别人不知道,郑雄知道。郑雄乐了:"我给我给我给,来来,先结账,结账。"郑雄旁边的管家给人结账,掌柜的、伙计就下楼了。

这两位坐在这儿了。郑雄说:"师父,您真行!我要是不来您怎么办？"

"你不来我也不吃啊。"

"哦，您算好了是吧？行行行，那就得了。来吧，还上菜，上菜，去弄海参，快点儿，师父就爱玩儿这个。"

紧跟着上菜，大盘海参又端来了。吃着喝着，又上来两个人，前面走的是个文弱书生，后边跟着的穿青挂皂，尖下颌，薄嘴片子，眼睛特别小。俩人上楼后，坐在了隔壁桌。

刚一坐下，小眼睛站起来，让书生挪去更远处的桌子，眼睛则盯着济公一行人打转。他看这桌，这桌也看他，尤其和尚瞪着眼看，连饭都不吃了。他毛了，"咱们换个地儿吃，这地方不行，有味儿。"

这两人刚上来就下去了。看着二人的背影，和尚点点头，"好，我知道了。"

这个小公子姓高，叫高文瑞，是龙游县人，三门守这一丁。他父亲、他叔、他大爷，三支就这一个男丁，三家守一个。这三家每人给他娶了一个媳妇，共三房媳妇。哪一支生的孩子就算是哪一支的。

高家在龙游县开了一个钱铺，他的舅舅在杭州开绸缎庄。小孩觉得天天在家里待着没出息，他打算上舅舅那里去学学手艺。这一待就是半年，想回家看看。舅舅于是给他拿了五十两银子做盘缠。

高公子打绸缎庄出来奔家走，在路上瞧见一个老头在卖孩子。老头的老伴死了，没钱发送，要把孩子卖了。小伙子见不得这个，打开装银子的包袱，拿出一个元宝锞子，送给老头。财露了白，被路旁一个小眼睛的人看见了，自称是小伙子舅舅的朋友，二人攀谈

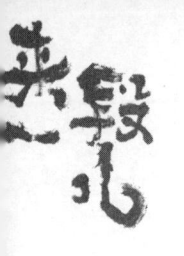

了起来。

这个人就是刚才跟他一块吃饭的人。这人叫苗神，在江湖道上有个外号"青苗神"。他不是天天出来做贼，只待地里的青苗长起来，他才开始做坏事。

被济公一行人瞧走了之后，他们二人往前走了二里多地，也没有找到吃饭的地方，而且越走越荒凉。走着走着，苗神站住了，心想，"就是这儿吧。"一伸手，把肋下的单刀抻出来了，"你要钱还是要命？"

打开了小公子的包袱，里面还剩几十两银子。

"把包袱系好了，扔在地上。把身上的袍子、帽子、靴子、裤子都给我脱了。"

"裤子我不能给你，有辱斯文。"

"你不给我就要你好看！"青苗神拿着刀吓唬人。

高公子吓坏了，裤子也脱了，只求他别杀自己。

"我留着你告状去是吗？知道为什么让你脱衣服吗？省得一流血弄脏了。天堂有路你不走，地狱无门自来投，明年的今天就是你的周年，死后到阴曹地府，谁也别恨，就怨你舅舅，知道吗？"青苗神手持单刀就往上扑。

高公子一闭眼，心想完了，这辈子就到这儿了。

就这一会儿工夫，耳边厢有人喊了一声，"青天白日朗朗乾坤，你要杀人吗？"打这边"噌噌"蹿出俩人来。

谁？雷鸣、陈亮。这俩人在树下喝了会儿尿，又被和尚定在那儿了，和尚走了好半天才解开。两人相互埋怨了起来，尤其是陈亮："我说你什么好！他是大罗神仙真活佛，哪有那么容易让你给害了？你瞧瞧现如今把我给连累了，我也不能见他了，你说怎么办？"

"我说咱俩先走，别在这待着了，是不是？"

俩人往前走，走到这儿正好瞧见青苗神要杀人，赶紧带着兵刃蹿了上去。要是一个人，青苗神未必害怕，两人就有点含糊了。"咱们可都是道上的朋友，未领教贵姓高名？"

陈亮看看他，"听说过圣手白猿陈亮吗？"

"陈叔叔，那这位呢？"眼下这情形还是嘴甜点好。

"我叫雷鸣。"

"雷爷爷。"

陈亮翻脸了，"我用你给我排辈？怎么一个是叔叔一个就是爷爷？"

"您是祖宗，二位都是祖宗。我没有别的意思，今天这些都是误会。"

"什么误会，小子你过来，往前走。"就这一低头的工夫，雷鸣一刀割下他一只耳朵，再拿脚一踢，喊他滚蛋。这主儿转身就跑，坡下边是条水沟，有一条很浅的河。他跑的方向是河那边，往常应该绕着桥去，这会儿顾不过来了，耳朵这儿还在哗哗流血呢，直接跳进河里跑了。

高公子这时都傻了,"青天白日朗朗乾坤,为什么要削人家耳朵?"

这两位你看我我看你,"少爷,你混蛋啊,要不是我们俩,这会儿你全身上下都得跟耳朵似的,非让人切个稀碎。你是哪儿的人?"

"龙游县的。如今我要回家。"说着穿好了衣服拿上行囊往前走。

雷鸣、陈亮说,"要不咱们在后面跟着他?这孩子太老实,有点缺心眼,往前走保不齐再有坏人,是不是?咱们就只当送他一程吧,跟着他到哪算哪。"

按现在钟点说走了得有三个钟头,天也快擦黑了。雷、陈二人决定先找个客店住下。

雷鸣说:"我想起来了,前面有一个董家店,我每次路过都住董家店,和老掌柜的是朋友。不过好长时间没来过了,不知道老掌柜的还在不在。"

往前走没多远,就见到了一家客店,幌子是"董家店"。砸了半天门,伙计才把脑袋探出来:"二位什么事?"

"住店。"

"哦?住店?来来来。"

第6回

救爱徒火烧黑店
擒盗鼠受阻绿林

> "马瘦毛长蹄子肥,儿子偷爹不算贼。
> 瞎大爷娶个瞎大奶奶,老两口过了多半辈儿,谁也没看见谁。"

　　雷、陈二人行走江湖,有一身武艺,再加上之前在这家店里住过,就满不在乎地进来了。两人还没吃饭呢,就问伙计有什么吃的。

"没有什么可吃的。"伙计说,"我们厨子跑了,现在只有豆腐丝、豆腐片,还有点豆腐条汤。而且村子里面有人结婚,连锅都借走了。您二位要是非吃不可的话,院子里有只鸡,给您逮着拿水煮一煮,蘸点盐吃,成不成?"

"这有酒没有?"

"有。"

"那行,弄点酒来,豆腐丝、豆腐条、豆腐汤,煮一只鸡弄点盐来吧,好歹我们也吃一点。"

一会儿的工夫,伙计又钻进来了,几碟豆腐菜摆上桌,正当中是一盘水煮的鸡。哥俩吃着吃着,腿都软了,又倒上酒,拿着黄瓷碗喝酒。喝着喝着,陈亮说:"兄弟,我觉得胸口发闷,不是滋味。"

"我也觉得,舌头发麻。"

"坏了!"

说一声"坏了",接着"咣当"一声,雷鸣就躺在地上了。

陈亮喝得多,已经站不稳了,稍微这么一愣神,"咣当"一下子,俩人都躺下了。伙计推门看看,行,躺下了,好。

掌柜的打外边顺着声音进来了。这人很瘦,眼睛很小,一只耳朵。不是别人,正是青苗神。他怎么成了这里掌柜的?早先这里叫董家店,南来北往都住这儿,老掌柜的人特别厚道,不管是老百姓还是绿林道的人,跟老头的关系都特别好。后来老头上了岁数了,就盯不了了。他家里有俩儿子,坏就坏在这俩儿子身上了。为什么说富贵无三辈呢?因为不管是多大的买卖,哪怕富可敌国,你往后倒两三辈，准完。

青苗神原先老住在这里，后来就跟这俩少东家成朋友了，带着俩人打牌喝酒逛妓院，这俩人拿他当好人。后来他说："您二位也不是干买卖的材料，费这个劲干吗，这店倒给我，我一年给你们多少钱，你们图一省心，对不对？给你们这些钱，不够花再来，我还给。"这个店这么着就倒给他了。

青苗神本身就是绿林道上的败类，接手这个店之后，带了几个伙计，都是大闷棍套白狼的坏蛋，就把这店干成了黑店。没事用点蒙汗药，只要有孤身的客人打这一过，一瞧有钱，就下药给人家麻倒了。人一杀，后边找一处荒地一埋就算拉倒。

青苗神今天出去一趟，捂着耳朵回来了。伙计一瞧，"掌柜的，您怎么了？"

"想不到的事情。我今天在外边碰见绿林道上有几伙人闹起来了，僵持不下。其中有一叫雷鸣的，有一叫陈亮，这俩在绿林道上比我晚两辈，一见我就跪下了，问我这事儿该怎么办。我也是好管闲事，就给他们料理这事儿。料理完了，其中有一个愣小子还不干，我就急了，一发功就把人打出去了。人打出去了，可他手里攥着刀呢，刀飞出去了，我没留神，就把我这耳朵伤了。"

人有脸树有皮是不是，他这么说也很正常。他的伙计们哪知道是怎么回事，还把掌柜的当英雄呢，给他包扎弄完了之后，准备了酒菜给他吃。正吃饭呢，听见外面砸门，伙计开门说话的时候，他就瞧见了。所以说俩人一进来，青苗神就盼咐伙计下药了。

"就是这俩孙子。我越想越生气，今天要不是给他们俩平事，

怎么能够把我耳朵伤了？真是岂有此理！先翻翻他们身上有没有什么值钱的东西。"

伙计过去翻，一看有银子有刀。

"行嘞，这真是阳关大道你不走，地狱无门自来投。今天要把刀磨得快快的，我得好好把这两人切得稀碎稀碎的。"

正说着，啪啪啪，外边有人砸店门。

"跟他说咱们这儿满了，没地儿住。"

伙计出来了，没开门，站在门里头说："我们睡觉了，住店的明天来，没地儿了。"

外面敲门的是罗汉爷。他带着柴头、杜头还有郑雄他们一块吃完饭，郑雄说天气不太好，要下雨，干脆先去饭店后头的客房住一晚上，等天亮再说。就这么着，一行人在后面睡觉。睡了一会儿，和尚把俩头儿喊起来了。

"怎么回事，神仙？"

"华云龙要死，要上吊。"

"那咱们得救。"这俩人奉上命所差就是拿华云龙来的，所以说华云龙不能出事。

和尚带着俩人打店里面悄悄出来了。天刚开始有点阴，到后来雨就下来了，越下越大，他们没带着伞，什么都没有。

"咱们上哪儿去？"二位头儿说。"前面就是树林子了，没有人上吊。是说您算得不准，还是本来就没有华云龙？"

"谁说有华云龙了？我刚才梦见华云龙要上吊，后来一想，干脆带你们俩出来玩会儿。"

"有什么好玩的？您看上边下着雨，脚底下插着泥呢。"两人有些生气，但也知道活佛叫他们出来必然有原因。可他们不知道到底要玩到什么时候。

"跟我走，咱们上前面去。"说着就来到了董家店，啪啪啪一砸门，里边说没地方住。

"没有地儿也得让我们住。我们是给人家保镖的，带了好些个金银财宝，珊瑚树、猫眼、碧玺，不能在外边待着，要是被人抢了怎么办？"

"你等会儿。"伙计"哔"就进去了，把外边的情况向掌柜的一说。

"赶紧放进来啊，混蛋。"

"不是，您不是说要报仇吗？"

"先发财后报仇。"

伙计把门一打开，只见门口站着三人，当间有一和尚，地上有一个特别大的包袱。也不知道这包袱是什么时候变出来的，老杜老柴都没看见。

"快来，你们得帮忙搭着这些东西，珊瑚树、猫眼、碧玺、翡翠这都在这里。"

客店里有间空房子，进来后东西放地上，三人坐在桌子边洗脸擦手，擦完之后，伙计给沏上一壶茶，"三位这个点儿来了，可是够晚的了。"

和尚说："是，这个点儿你们没有什么吃的，就是豆腐条、豆腐块、豆腐汤，是不是？村里边有人结婚连锅都借走了，要吃就来一只鸡，白水煮，蘸盐，对不对？"

"您搁哪儿听见这话的？我们这儿是没有别的肉。"

"有狗肉吗？"

"没有。"

"要是有狗肉要一只耳朵的狗。"

"没有。"

"一只耳朵的兔子有吗？"

"没有。"

"一只耳朵的驴有没有？"

"没有。"

"一只耳朵的人你们这有没有？"

"你吃不吃？就是刚才那些个。"

"酒有没有？"

"这个我们有。"

"好，好，酒，还有你说的那些豆腐菜都上来。"

"好嘞，四个菜一个汤，煮一只鸡，来两壶酒，嗨嗨的糜子。"伙计喊道。"嗨嗨的糜子"是绿林道里的黑话，意思是里边多给他搁点蒙汗药。他还要走没走，和尚补了句："你可别忘了嗨嗨的糜子。"

伙计愣了，心说他是不是能听懂。"你说'嗨嗨的糜子'是什么意思？"

"你讲理不讲理，这不是你说的吗，我还憋着问你呢。酒得多给点。"

"是。多给点。"伙计出去了。一会儿的工夫，酒菜上来了，杜头柴头你一口我一口喝完了，咣当就躺下了。和尚还在喝。伙计进来三趟，到第四趟，和尚还端着杯子在那儿乐，"你放了嗨嗨的糜子了吗？"

"什么意思？"

"我没明白他们俩怎么就躺下了？"

"你喝得少。酒劲冲，喝多了，好睡觉。"

"那行，那我喝完就躺下。"

"你要躺就躺。"

"我这就躺，把这口喝完了。"说完，和尚也"咣当"躺下了。

伙计愣了得有十分钟，没敢动手。掌柜的过来了，站在门外问，"怎么样了？"

"倒了。"

"动手。"

"不是,今天这和尚有点邪性,我觉得有问题。"

"有什么问题?我瞧瞧。"苗神过来了,往门口探头,见到三人都躺着。他这一探头,和尚说话了,"那不是有一只耳朵的狗吗?"

"他说什么?"

"不知道。"

"喝了没?"

"喝了。"

"喝了就行,这怕什么?准备东西去!"能准备什么?准备刀,这就是要杀人了。拿着刀,青苗神带着几个伙计转回屋内,"大包袱是他们的吧?来吧。"走到跟前刚举刀,和尚把眼睛开了,拿手一指,连青苗神带这几个全站着不动了。和尚站起来了,把两位同伴拍起来,俩人直咳嗽,"神仙,这是怎么回事?"

"不要紧。他那屋还有俩。咱们几个差点就一道去见阎王了。走,瞧瞧去。"和尚说着把另一间屋子的门推开了,里面是雷鸣、陈亮。这俩人脑子清醒,但是身上动不了。

"这俩混蛋,还是我来救你们。行了,快快快。"和尚在二人脸上抹了抹,两位站起来了,尤其是雷鸣,一脸的汗,臊得都不行了。一撩衣裳跪下,"那个……师父,我对不起您。没想到还得让您来救我。"

"我能怎么办呢，谁让你磕头管我叫师父。你们俩等会儿，我看看那屋子怎么样了。"转身来到这屋，这屋里边的几位还拿着刀站着。和尚站住了，掐诀念咒紧跟着一把火"噗"一下子起来了，整个客栈全着了。

第一，这是要把窝点毁掉；第二，要把这几个坏人惩罚了；第三，要试探一下人心。火一起，老杜、老柴、陈亮全跑了。这可了不得了，着火了，师父上哪儿去了？三人一通找。雷鸣说，"这不行，我一定得把师父救出来才行，刚才人家救我了，我得找。"咣咣咣踹了几个门，一眼就瞧见罗汉也站在那里，身边都是火。雷鸣过来，"师父，我背着您。"

"好好，你背着我，咱们走。"说了一声"走"，雷鸣的脚就离开地，背着和尚飞起来了。当然他不会飞，是和尚掐诀念咒，带着他飞的。飞到半空中看底下火光冲天，到最后整个客栈全烧完了，连这几个坏蛋都烧死在里边了。这才一拍肩膀，师徒二人缓缓地按落云头，站在平地。

雷、陈二人大礼参拜，咣咣地磕头。

"快快快起来。现在有这么个事，咱们得逮华云龙去。你们俩是跟我一块走还是分着走？"

雷鸣说："我听您的，我伺候着您。您是我师父，尤其这一回还救了我的命，我都听您的。"

陈亮跟雷鸣有点区别，雷鸣就是一粗人，陈亮念过书，文武双全，心眼儿多，谁都不愿意得罪。一听这个呢，悄悄地把雷鸣叫到一边，"咱别跟师父一块走。这是咱们的师父，华云龙又是哥们朋友，咱们怎

么办？一起去逮他不像话，咱们分着走，好不好？万一先见到华云龙，就跟他说一声，让他赶紧跑。这样咱们两边都不得罪，对师父咱尽了孝，对朋友咱也有个义字，好不好？"

"那行。"

俩人回来了。"师父，我们还是跟您分开走，咱别在一条道上，万一他跑到另一边去了呢？咱们分两路抓吧。"

"对，你们要是看见他，就跟他说我要抓他，让他跑。"

"师父，您这叫什么话？"

"就别废话了，你们俩一伙，我们仨一伙。"

"行，咱们哪见面？"

"离此三十五里，小月屯。"

三十来里地有一个小月屯，雷鸣、陈亮直接奔那儿去了。路上走着，还纳闷师父怎么会说出小月屯。小月屯的绿林人物可是不少，华云龙很有可能到这儿来。

书要简言，三十多里路也没多远，俩人到小月屯了。小月屯是一个镇子，住着一个老英雄，江湖贺号叫"千里独行"，姓马，叫马元章。老侠客文武双全，把这身能耐教给了自己的两个侄子，一个叫马静，一个叫马成。整个小月屯，没人知道他们家是绿林道的。爷几个在这儿好几十年了，大家都认为这是一个普通的买卖人家。但是到后来，老头觉得这一辈子打打杀杀没意思，就想出家。他出家，也不是上外边找个庙出家，而是他自己的家庙。家庙里，有两个和尚。

这二人原来也是绿林道的，管这老头叫师父。但老头不承认，让他们别喊师父，要是学武艺，他也教他们。两个人把头发剃了，不混绿林道了。想当初二人有外号，一个叫"小白虎"周兰，一个叫"探花郎"高庆，二人穿上和尚的衣服，替老头打理这个庙。朋友不朋友，徒弟不徒弟，反正就是这么一个关系。

老头没事的时候，在庙里念念经，参禅打坐。但是他终归还是绿林道上的，有些事还是得去。家门口没人知道他是谁，要在绿林道一提千里独行马元章，没人不认识，很厉害！后来他岁数越来越大了，就想着云游天下、参禅悟道，就把家里所有的事全交给大侄子马静了。

马静，外号叫"铁面金刚"，黑灿灿一张脸。整个小月屯，就马静一个人当家主事，街坊邻居都认为他是做生意的。他为人挺好，有一个特别不错的朋友，叫李安平。李安平开了个小饭馆。他们两人没事就在一起聊天喝酒，是这么个交情。

这些日子，老头马元章回来一趟，问问侄子："家里的事儿怎么样啊，生意如何呀，人怎么样？"马静说："都挺好，就是我母亲身体不好，其他的都没事儿。"老头说："行，你多照应点儿，别招灾别惹祸。我这次出门估计得一年或者一年多才能回来，你盯着点儿庙里。给周兰、高庆送点儿钱，省得庙里不够花。你全权处理吧。"

老头说完就走了，家里就剩下马静。马静一琢磨：有日子没出去做生意了。他所谓的做生意就是绿林道的生意，哪有贪官了去劫一下，有大富商去抢一下。要是不这么做生意就没钱，庙里用钱，家里用钱，到处都要钱。

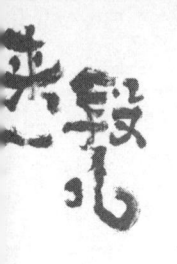

前些日子，老太太身体不好，舍不得走。这些日子，老太太身体稍微好一点儿，精神不错，马静说："老娘，您最近还挺好，我出去半个月。家里就是您儿媳妇盯着点儿。"他媳妇姓何，何氏夫人。"家里的，你照顾咱娘。我出去半个月，也许十天，我就回来了。我听人家说，外边有一个卸任的知府，带着很多金银财宝。我都踩好道了，我得劫他去，你照顾咱娘。"

走之前，他把自己的朋友，开酒馆的李安平叫来了，俩人坐在那儿，马静说："那个，我有个事儿托付您。"

"跟我还用托付？"李安平说，"您说吧，什么事儿？"

"我得出趟门，十天、二十天，反正半个月上下，我就回来了，我得麻烦您！"

"咳，您跟我老这么客气，需要我做什么呢？"

"也不瞒您说，这些日子家里手头也紧。您替我照应着点儿老太太。你嫂子，三绺梳头两截穿衣，妇道人家，家里的日子有个懂不懂的，反正接长不短的，您过来照应一下。老太太想吃什么就给买点儿，你嫂子过日子钱不够，你先给垫上。有什么事儿，等我回来咱们哥俩再说。"

"咳，不用再说。嫂子、老娘，咱们是一家人。你甭管了，你走吧，我替你盯着。"

"好嘞！"马静带着伙计出去了。

李安平回来，继续忙他的小酒馆。忙了两天想起来了，吃完了中午饭，从家出来，准备着吃的用的还有一包银子，骑着马往马静家去了。

快到马静家,要下马还没下马,门开了,一个妇道人家出来了。李安平在远处一瞧,不是别人,是大嫂子,马静的媳妇何氏。

当时李安平就愣了。往常嫂子端庄贤淑、疼人、孝敬老太太,是个过日子的人。可是今天不一样,她穿着打扮得异常艳丽,跟到了百花园似的,还戴了一脑袋花,擦了一脸粉,一走道,身子拧成三段。

李安平心想:"不对。我们嫂子可不是这样的人。这是为什么呢?回娘家不可能,老太太在家你走不了。可是上哪儿去也不能穿成这样啊。我别过去了,面对面多尴尬,我明儿再来吧。"拨转马头,他回去了。

第二天,还是这个时间,他又来了,带着银子,带着吃的。到了门口,见门分左右,何氏出来,比昨天穿得还艳丽,戴着一脑袋簪环首饰。连着两天,她这是要去哪儿呢?

李安平想:"昨天没进去,今天我也别进去了,明天再说吧。"

他转头就回酒馆了,自己倒了壶酒,让伙计端菜放在桌子上,和伙计喝着聊着。伙计问他:"大爷,您怎么了?"

"没事儿。"

"瞧您,您不是上马大爷家去吗?"

"是啊。"

"他们老太太怎么样了?"

"我没进去。"

"没在家?"

"我没进去。"

"怎么两天都没进去,家里没人啊?"

"咳,你也别掺和,你也不知道怎么回事儿,我问你点事儿。"

"您说。"

"比如说你,你娶媳妇儿了。"

"我现在光棍。"

"打比方啊,你娶媳妇儿了,然后你在我这儿盯着这差事,不能回家,你媳妇儿每天捯饬得花枝招展地出去,你觉得她会干吗去?"

"掌柜的,我原来那媳妇儿就是这么跑的。我原来有一媳妇儿,平时我要在家她好得很,穿的不是黑的就是蓝的。我一出去她可成了,每天中午给我妈弄口吃的,自个儿浓妆艳抹,戴着花儿、朵儿、簪环首饰,出去做那见不得人的事。这您有什么可问的?"

"好。"

"好什么好?大爷,您说我心里……"

"去,忙去,去吧去吧!"

转过天来,又一样,李安平拿着东西,拿着钱去了。中午到这儿了,和前两天一样。何氏嫂子出来了,走道风摆荷叶、雨润芭蕉,一通扭。

李大爷话都到嘴边了,想问"嫂子您干吗去"却张不开嘴!一跺脚,"算了,回去吧,打今儿起不去了,没法去啊。"

一眨眼十一天,马静回来了。他劫了个贪官,挣了不少钱。绿林道上分了分,拿大车就拉着自己这份回来了。回到家,伙计们帮着卸车。他进来瞧老太太,一瞧老太太在那儿躺着。"娘,您怎么样这些日子?"

"哎呀!儿你还回来呀?娘我都要死了呀!"

"哟哟哟!娘啊,这话怎么说的?"正说着,媳妇进来了。

"哎哟!你可回来了,咱娘这身体最近不是特别好。"

"咳,你这事儿闹得!得嘞得嘞,我瞧瞧!找大夫给您瞧啊,给您瞧。李安平这些日子来了几趟啊?送多少钱来啊,没给您买好吃的吗?"

老太太叹口气:"唉,没来啊。"

"啊,没来?家里的,是不是没上后头来,在头里跟你说话?"

"没有啊,李安平,开酒馆的?"

"对啊,就是他呀,我最好的朋友。"

"好,您这最好的朋友没露过面啊。"

"有没有打发伙计送东西来,是不是你没看见?"

"十几天了呀,怎么着我们也得瞧见一回吧?"

"行，好，得嘞！他不看我呀，明儿我看他去。吃饭吧。"

转过天，中午吃完了饭，马静打发人准备了四样礼品，再带上两个伙计。"走，跟着我，见见你们李大爷去。"

出来没走多远，过几趟街到了。一进门，李安平坐在那儿正喝闷酒。

"李大爷。"

"哎哟！你可回来了，快来快来快来！"

李安平很亲热，拉着马静坐在那儿。

"回来了？""回来了。""好好好，辛苦了！""不辛苦，我这十几天不在家，多亏你替我照顾老娘了。"

李大爷瞧瞧他："我没进去过，我没上您家去。"

"罢了！你是个汉子，你还敢承认。哥哥，兄弟我怎么托付的您啊？家里没别人，你哪怕来一趟，你也对得起哥们儿啊！你怎么就这么狠心不去呢？"

"你要不来，我这个话就闷在心里了，我跟谁都不能说啊！你来了，我必须得说！伙计，前后门上锁，所有人轰出去。你们也不能在跟前待着，都出去。"

"哎，是嘞。"伙计全出去了，屋里就这两个人。

"哥哥，有句老话说得好，大丈夫难免妻不贤子不孝。我可没想到，这句话应在您家里头了。"

"啊，这话怎么讲？"

"哥哥，我犹豫了好长时间说还是不说。说，我对不起你，不说我也对不起你。我把这事儿给你说明白了，以后你不跟我来往，我认命。"

李安平把这几天的事情"噌噌噌"一说。说完，马静低头无语老半天。"唉，罢了！我今天来，本来是打算跟你绝交。你是真拿我当朋友，咱们哥俩何止朋友，这是生死弟兄！"马静站起身，深施一礼，一躬到地。

李安平赶紧搀起来："您别您别，可千万别价！我这心里不是滋味！"

"您甭管了，不管怎么着，不管因为什么，这个事儿好歹我也得查一查。"

"是是是，这是您的家事。但是如果有需要用我的，您说一声。"

"好说好说。"

回家之后，马静根本没问这事，跟媳妇说话，该怎么说还怎么说。没有人看得出来他心里有事。过了三天，马静说："那谁，来人啊！"

家里有伙计："大爷！"

"你上外边给我归置归置，找间闲房。"他们家在当地有买卖。"你上西大街把那铺子里收拾出一间闲房来。"

"您干吗呀？"

"这些日子要来朋友,我先上那儿住着去。"

"哦哦,行。"伙计知道有时候来绿林道的朋友,在家里住不方便,到外边住几天很正常。"我给您归置去。"

"家里的,我这几天不在家住啊,我住到外头,来朋友谈事,上家不方便。"

"哦,行,好嘞!你忙你的去吧。"

马静就搬出来了,住到西大街。白天,见朋友谈事、喝酒,看看老娘,一切照旧。等到夜里定更天后,他就换上夜行衣,背上单刀,翻身上房。顺着房梁,这套奔这套,一套一套往前走,蹿到自家院子里,趴在房顶上听屋里的动静。连着两三天,没动静,媳妇伺候老太太,收拾屋子,该干吗干吗,没有变化。

就这样过了好几天。这一天夜里,马静又来了,在房顶上刚蹲住,就瞧见从外边进来一匹马,马上有一个人。马到了家门口被勒住了,这个人在这儿犹豫,想了半天,翻身下马,抬手叫门。

门开了,媳妇出来了:"您找谁啊?"

"我问一下,马静马大哥,在这儿住吗?"

"是,在这儿住。"

"您是?"

"我是他家里的。"

"哎哟!嫂子。"

"哎哟,您别客气!您找他什么事儿?"

"我是从外边来的,多少年没见他了,想见见我们大哥。"

"他现在不在家住,最近这几天外边忙。"

"哦,那行嘞,那我回头再来。您早歇着。"

"上屋喝口水。"

"不去了,太晚了,不去了不去了。"

"哎,好嘞好嘞。"媳妇关门进去,这主儿拉着马转身要走。马静看见了,心想我认识他,西川路乾坤盗鼠,华忠华云龙。华云龙找我来了。马静于是从房上下来拦住了华云龙,问:"你哪儿去?"

"哎?哥哥,嗨呀这!我刚上家去,瞧见我嫂子了。"

"我知道,我听见了。来来来,进来吧,进来吧,都到这儿了。"

马静砸门,大喊:"家里的,家里的!"

媳妇刚进去,赶紧出来:"哟!哎呀,你回来了?来了一个串门的,对,就是他就是他。"

"进来进来进来。"马静把华云龙让进来,把马拴好了,进到客厅。

"你去烫壶酒,弄几个菜,我们俩得喝会儿。"

"好嘞好嘞!"摆上酒,摆上菜,二人喝着聊天。

"怎么这么闲上我这儿来?"

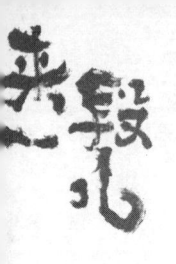

"哥哥，我惹了点祸。"

"什么祸？"

"夜入秦相府，盗了凤冠和白玉镯。"他没说一刀连伤两命，光说夜入秦相府的事情。

马静听了直挑大拇指："英雄啊！好样的，给绿林道长脸呢！"

"让您笑话，让您笑话。"

"挺好的，来，喝着喝着。之后你就住这儿，有我呢。而且我这屋子里有一道夹壁墙，从这夹壁墙进去，能下地窖。你藏在这儿没人会知道，就住我这儿吧。"

连着住了几天，华云龙闷得慌。这天，他说："我出去遛个弯，买点儿菜，买点儿吃的，转一圈。"

马静说："那行，那你早去早回吧。"

"得嘞。"华云龙出去了，买菜回来，碰见了雷鸣、陈亮，他二人也来到了小月屯。

雷鸣、陈亮赶紧过来："云龙！云龙！"

"嘿！你们哥俩在这儿呢？"

"你还不快走？灵隐寺活佛济癫长老和临安府老杜、老柴正满天下抓你呢。我们先给你送个信，赶紧走！"

"先进来，咱别在马路上说，快进来，进来进来！"

三人进去了，马静正好在。几个人吃饭喝酒，聊这件事。

这一说马静乐了:"咳,不至于,一个和尚能怎么样,对不对?你怕他去?你踏踏实实地住在我这儿,天王老子来了也拿不走你。你来看!"

马静拿手一指,墙上挂着一幅画——《富贵牡丹》。"这牡丹掀开了,就是扇门,这是夹壁墙,顺着夹壁墙下去,有地窖,踏踏实实的。别说华云龙一个人,再来十个八个全在这儿,养你们三十年、五十年,一点问题都没有,踏踏实实的,放心吧,放心吧!"

"好嘞!"

"喝着喝着。"

刚端起杯来,大门口有人喊:"华云龙在里面吗?"

几人一抖搂手:"来了!"

尤其雷鸣、陈亮更紧张:"哎哟!坏了坏了坏了!我师父来了!"

华云龙也紧张:"怎么办?"

马静说:"来来来。"撩画,"进进进!"

华云龙进去了。马静往外走,叫伙计开门。门一开,李安平带着一个和尚站在门口,后边跟着两位头儿。

罗汉爷几位到了小月屯,先去的李安平的小酒馆,坐在那儿喝酒聊闲天。聊着聊着,李安平看和尚挺有意思,爱跟他聊天。

和尚就问他:"这家里有没有病人啊?我给你治病啊。"

"哎呀!你这一说还真是的,我们老太太最近咳嗽,痰里带血。"

"我给她治治吧,我可爱跟老太太玩了。"

李安平一听这不像人话,可是话说到这份上,治病吧。

和尚进来,从身上也不知道拿了一块什么东西,给老太太吃了。

老太太说:"怎么这么香啊?又香又甜!"吃完之后,吐出好多痰来,痰中带血。喝了点儿茶,老太太又说饿,想吃东西,吃了一大碗馄饨。老太太坐起来了,精神百倍,把李安平感动坏了!

"太棒了!您就是活神仙啊!那个……我想问问您,别人的病您也能治吗?"

"老太太是最好,最好是老太太。"

"我有一哥们儿,马家老太太也病了,不太好,我带您去吧?"

"那走,走。"

这么着,才把他们领过来的。来到马静这儿,"啪啪"一砸门,马静开门一看是这几位。

李安平热情地指着和尚对马静说:"嘿,神仙啊!我们老娘就是他治好的,你们老太太也得靠着他。"

"哦,那来吧。"都到门口了,能不让进吗?

一进来,马静就问:"那个,您能治病啊?"

"能治老太太,就喜欢老太太。"

"这叫什么话!"

"你放心,他就好逗,好俚戏。"

"那行，到后院吧。"

奔后院，一进门，老太太在床上躺着，盖着被。和尚说："这个比刚才那个白。"

两个儿子臊得都不行了！这叫什么话呀！

"娘啊，我给您找一大夫来。"

"哦哦哦，哎哟嚯！是个大师父啊？"

"老相好，你挺好的呀？"马静这脸都红得不像话，假装没听见。

和尚从身上掏出一块药，给老太太喂下去，再灌点儿水。简短捷说，药下去了病就好了。

马静感动了，他是孝子，再也没有比这个更高兴的事情了。

"哎哟，太棒了！我跟您吃个饭吧？吃个饭，咱们细聊。"

和尚说："好，还上那屋吃去。"

"哪屋啊？"

"就你刚才吃饭那屋。"

"啊？"

"走走，就是那屋，我带你去，我认识。"李安平带着几个人，"呼噜呼噜"来到这屋。一进门，刚才那桌子菜还没撤，四副碗筷摆在那儿。

和尚一进门便问："那仨人呢？"

"没有，我一个人。"

"一个人用四副筷子？"

"我转着圈吃，我可没出息了。"

"哦哦，行，你们家有海参吗？"

"我们家没海参，您凑合吃吧，有炖肉。来来来，上来上来，上来上来。"

菜上来，这几个人都坐好了。

和尚说："你这屋弄得挺好啊，你那画卖不卖？"

"不卖不卖。"

"好，这画看来挺值钱。"

"哦，您还懂字画？"

"不值钱能雇三个人看着这画吗，是吧？"

"您吃饭，您吃饭。"

"哎呀，我不能吃饭，我吃饭肚子疼。"

"怎么吃饭肚子疼呢？"

"我想解个手，你们家厨房在哪儿？"

"方便得上外头，我带你去。"

二人站起来往外走。前面走的和尚，后边跟的马静。马静心想："我要说杀他，有救母之恩！我要说不杀他，夹壁墙后边这仨怎么办？千难万难，就难坏了我！"

第7回

罗汉爷家庙捉妖
乾坤鼠暗器行刺

> 曲木为直终必弯,养狼当犬看家难。
> 墨染鸬鹚黑不久,粉刷乌鸦白不坚。
> 蜜饯黄连终需苦,强摘瓜果不能甜。
> 好事总得善人做,哪有凡人做神仙。

房后头有一片树林子,其实马静家的厕所不在那儿,他要杀人,就把罗汉爷带出来了。前边走着和尚,后边跟着马静。马静心想:"不

行，我就得杀了他，把和尚杀了之后，我给他好好出殡，建一座塔，每天给他烧香、烧纸，好好超度他，也算报答他救我娘。对，就这么办。"想到这儿，马静紧走两步，跟上去了，说："您到树林子方便吧！"

"好，行，我肚子疼。你说我刚才给你妈吃那药，好不好？""好啊！灵丹妙药！"

"是，你猜多少钱？"

"那我哪知道。"

"一文钱一大块。"

"嚯，您这药太便宜了，一文钱一大块，刚才剋下这么点儿，我娘就好了，您真是活菩萨心。"

"没法给人治病啊，现在人心都坏了。给他治病他老憋着坏想杀你，杀完之后却要弄个塔，天天给你烧纸、烧香。你说这都是人生父母养的吗？"

问了个哑口无言！"啊，师父您不能这么想，还是好人多啊！""是是是，好人都在屋里喝酒。""师父您赶紧方便吧！"

树林边上有空地，和尚真不客气，过去就脱裤子，蹲在那儿。"我我我，我解个手，你解不解？"

"我没事，我跟着您。"

"是，你上我后头去，你上我身后头去，身后头，别过来人给我一刀，你给我看着点儿。"

"好！"马静转到后头，和尚也不回头。

马静心想："得了，说别的也没用了，今天就今天吧，甭管是亏心还是不亏心，为朋友我也只能如此。"

马静悄悄把刀抻出来，他一举刀，和尚都没回头，就说声"定！"

马静举着刀，不动了。和尚蹲在这儿，大喊："来人啊！救命啊！有人抢屎！"

马静身子动不了，脑子可明白，臊得都不行了，可也说不出话。和尚越喊声越大："快来人啊！他要吃啊！"一会儿的工夫，这街上跑出好几位。"哪儿了？哪儿了？"但是和尚拿手一比画，把自己和马静遮住了。

这些人过来看了看："没有啊，哪儿有啊？可能抢完吃了？得得，咱走吧。"大伙都走了。和尚才一挥手，站起来，把裤子系好了。"你活动活动。"他拿手一指，马静的手才放下来。马静心里咯噔一下子，心想："刚才来了这些人，都没看见，神通广大啊！"他把刀扔下了，说："师父，我错了。"

"你没错，我错了。"

"您错在哪儿了？"

"忘擦屁股了！"

马静实在是说不出话来了，一撩衣裳跪倒了，说："我知道您是大罗的神仙，您刚才所作所为我都明白了，我错了，您原谅我吧。"

"那行，那你把华云龙给我吧。"

"师父啊!我们绿林道上,人活在世讲的是信义为本。我答应把他藏在我这儿,再把他掏出来给您,违背我做人的原则。咱们这样好不好,咱爷俩做一交易,我把他放出来,他出我这个门,您再拿他是您的事,好不好?"

"罢了,这一看是吃过点儿东西的人。"

说得马静都要吐了:"啊,行行行,我放他走,您去找他。"

"我现在先不着急拿他,我先带你玩会儿去。"

"还玩刚才这个?我错了。"

"不,我带你抓奸去。"

"啊?师父,抓什么奸?"

"你不是怀疑你媳妇捯饬得又勾勾又丢丢,这去那去吗?你知道她上哪儿去了吗?"

"我不知道啊!"

"我带你去。"

"哎哟,我谢谢您!哎哟,我没想到,我听您的。"

"跟我走,跟我走。"和尚带着马静,穿大街越小巷,拐弯抹角,抹角拐弯,来到一座小庙。

这地方马静认识吗?认识,能不认识吗!这是他叔叔千里独行马元章的家庙。马元章把头剃了,要修行,但是他不在这里,平时这里有俩人替他盯着。咱们前文介绍过,马元章不正经收徒弟,但是这俩人喊他师父。朋友不是朋友，侄子不是侄子，徒弟不是徒弟，就是这么一个街坊辈。这俩人原来也是绿林道的人，一个叫周兰，一个叫高庆，两人都有外号，一个叫小白虎，一个叫探花郎。

"哦，怎么上这儿来了呢？"

"来，你，进去。"

"怎么进？"

"你蹿进去。"

"我蹿进去，您呢？"

"我也能蹿。"

"哦，那好，师父先来。"

"你先来啊！你先来。"

这种家庙的墙是矮墙，墙头没多高，也就是一人来高。垫步拧腰，马静翻过去了，翻过去一落地，和尚已经在院里了。

"怎么那么半天？"

"您什么时候进来的？"

"刚才。"

"您从哪儿进来的？"

"我从墙缝里挤进来的。"

"赶明儿教教我呗！"

"教不了你，你身子脏。"

"我怎么身子脏了？"

"你刚才吃什么了？"

"你怎么还没忘啊！"

"来来来，走走走，带你瞧好玩的去。"小院是个三进院，前面都黑着灯，直走到最后一个院，一瞧，屋里灯火通明，有男有女，正在说笑喝酒。马静过来，捅破了窗户纸，睁一目眇一目往里观瞧。这一看，马静一口血差点儿没喷出来。屋里两个男的一个女的，探花郎高庆、小白虎周兰光着膀子，正当中坐着一个女的，扣也解开着，头发也散下来了，端着杯，喝酒喝得脸蛋通红。这女的是谁啊？正是马静的媳妇何氏。马静就觉得太阳穴咯噔乱跳！"师父，我！"

"还等什么啊？进去进去。"

"奸夫淫妇你们哪里走？""啪"，马静一脚踢开门，攥着刀进去了，迎面就是探花郎高庆。高庆没防备，也没拿着家伙事儿，见马静进来，刚要喊，便一命呜呼了。

还有一个小白虎周兰，这小子反应快，一推窗户，一个跟头翻出去了。

屋里就剩他媳妇了，她一回头，两口子一对脸，马静眼泪都快下来了。"家里的，你干的这叫什么事？"

话音刚落，这媳妇乐了："你瞧瞧我是谁。"

马静往前紧走了一步,再一瞧,这媳妇可变样了,两只眼珠子耷拉下来,一张嘴一口黑烟,"噗",马静"咣当"栽倒在地。

"你瞧,我好好的你也好好的多好,你非得不好好的,那就别好好的了。我有年头不吃人肉了,今天我尝尝吧。"说着话张嘴就要咬人。

门开了,和尚进来了。"来,相好的,来,抱抱,快。"

妖怪也是知道廉耻的,一回头说:"你想替他死啊!来来来,我先咬你一口。"

听了这句话,和尚脸红了:"去去,别闹,调戏和尚没有好下场。你可记得月明和尚度柳翠否?"

说了这么句话,你可知道月明和尚度柳翠吗?这是个典故,发生在南宋。当时有个官员姓柳,叫柳宣教。柳宣教是温州人,带着夫人仆从到杭州临安上任。新官驾到,临安府内的大小官吏、地方名流、僧道住持一干人等都得来迎接。参拜完毕,应到人员基本不缺。最后聊起来,唯独大和尚玉通和尚没来。

新来的府尹要见一见和尚,是因为过去朝廷里专门有这么一个机构,僧禄司。各个朝代不一样,但是出家人都得归衙门管。

众人解释说:"玉通和尚身份不一般,每当有官府迎送,应当参加时,都是他的弟子作为代表。希望府尹大人谅解。"

"这是不拿我当回事儿啊。"这姓柳的大人在心里记恨上了。

这些天衙门里好多事儿,有时候和下属们吃顿饭,有时候跟地方的乡绅们一块喝喝酒。酒席宴前叫了几个歌妓,其中有一个姑娘

弹唱歌舞特别好，引起了府尹的注意，将她叫上前来问话。

"我本来姓吴，有个艺名叫红莲。"

"吴红莲？挺好，有件事我要交给你去办。咱们这里有个大和尚叫玉通，人人都说他是个活神仙。你设法哄那玉通和尚与你做男女之事。如果得手，你留下证据来交给我，我一定重重赏你。如果你办不成此事，就要遭到重重处罚。"

红莲无可奈何，只得答应。玉通和尚天天在庙里修行。一天深更半夜，听见庙门口有个姑娘喊救命。出家人慈悲为怀，就让她在寺中借宿一宿。

到了半夜时，红莲轻轻走了出来，一直到了玉通和尚房间的窗口边。红莲在窗外哀求说："长老一向以慈悲为怀，我来这里时穿得单薄，现在冷得受不了。希望你能开开门，借一两件衣服给我挡挡寒气。"

玉通和尚是个慈悲的人，心里想道："她如果冻死在我的禅房外边，可是我的罪过。何况，救人一命胜造七级浮屠。"想到这里，他便从禅椅上起来，开门把红莲放了进去，又找了一件旧禅衣给她。

红莲得了衣服仍不肯走，又哭着说："我很早就有肚子疼的毛病，丈夫在世时，他把我搂在怀里，用他的身体给我暖肚子，我也就不疼了。没想到今夜老毛病又犯了。您是出家人，慈悲为本方便为怀，您给我捂肚子得了。"

这不行，这不像话。红莲又说，"您难道眼睁睁瞧着我死在这儿吗？"三说五说，过去就搂着玉通长老。老和尚也是几十年没干过这种事，反正到最后这俩人就搂在一块睡了一宿。醒了之后，玉通长老越琢磨这事越不对,说:"你跟我说实话,是谁让你来的?"

一问,是新来的府尹派来的。长老明白,这是怨他没去迎接,于是开了寺门,放姑娘走了。姑娘走后,长老对庙里的和尚说:"备水洗澡,我要坐化了。"这样,玉通和尚就死了。

红莲回去之后,把事情这么一说,柳府尹赏给红莲五百两银子。红莲拿了银子,千恩万谢地回家去了。府尹拿纸把这事写下来,吩咐手下把信给和尚送去。

给玉通和尚送信的人来到水月寺中,得知大和尚已经在禅椅上圆寂了。

你看,因为这点事把人给逼死了,柳府心里也挺难受的。当天晚上,他两口子睡觉,迷迷糊糊就看见前门一开,打外边进来一个大和尚,两口子一惊。柳夫人正怀着孕呢,她后来生了个小姑娘,叫柳翠翠。

后来柳大人因病死在任上了,就剩娘俩也回不去家,只能在这儿弄间房凑合住着。日子是越过越次,最后没辙了,就把闺女许配给人家。许配这主儿家里边还有媳妇,两边跑。到后来越弄越热闹,人家娘家不干,就找来了,说你们这不行,丈夫停妻再娶要犯法,所以你必须得分开。最后柳翠翠被卖了,也就正式做了风尘女子。

人人都传说这柳翠翠是玉通和尚转世。她长得本来就漂亮,又知书达礼,很快就名动天下。但是每逢初一十五,柳翠翠一定是卸去了簪环,擦掉胭脂,换上素衣服,念经吃素。

这个事越传越开,一直过了有二十八年,来了一个大和尚叫月明。月明长老听说了这件事,叹息道:"当初一念之差,现如今坠入烟花，我得管一管他。"他去找柳翠翠谈话，用很多佛家的话去感化她。柳翠翠如梦初醒，即刻洗去妆容，谢绝宾客，当晚沐浴后端坐而逝。

死了之后，她返回了南海，做了观音菩萨羊脂玉净瓶里的杨柳枝，就是柳翠。咱们春节的时候看见踩高跷、跑旱船的，尤其是跑旱船里边前面有一个大头娃娃，他老跟一个女孩两人在那扭，这一对就是月明和尚和柳翠。

故事就是这么个故事，所以今天罗汉爷说调戏和尚没有好下场。

妖怪根本没往心里去："我去你的吧，吃一个也是吃，吃俩也是吃，今天姑奶奶得吃饱饱的吧。"

妖怪说着就要往前来，罗汉爷一伸手："嘛咪嘛咪哄死你！"

"窟嚓"一下子，妖精就躺到地上了。和尚再一回头，喊马静："起来起来起来。"

马静坐起来了："师父，我刚才躺下了。"

"对，你刚才中毒了。"

"我怎么醒的？"

"我给你吃了点儿东西。"

"不是不是！"

"别瞎想啊，别瞎想。"

那么说，这个妖怪真的是马静的媳妇吗？不是，妖怪就是妖怪，媳妇就是媳妇。罗汉爷把她降了。

"神仙,这个怎么跟我媳妇长得一模一样呢?"

"她是变的,知道吗?来啊,我让她现个原形,你瞧瞧啊!"罗汉爷吐了一口气,一股黑烟升起。烟飘散之后,露出一只狐狸,这是一只狐狸精。马静手起刀落,把狐狸脑袋切下来,又把刚才死的采花狼也拉过来,连人带妖的死尸搁在一块儿,架上柴火一把烧得干干净净。

二人从这儿出来,要回马家。走在半道上,和尚就说了:"你去吧,啊,你把这个华云龙放出来,我不跟你到家去,到家去我看见他我就得弄他,你把他放出来,放出来之后你就别管了。""我谢谢您,师父,您对我情同再造。"

马静磕了个头,"腾腾腾"往家跑。到家一瞧,屋里三个人还在,两位头儿在外边。"那个……叫您呢,您二位快去吧。"二人出去了。马静掀画,敲夹壁墙:"三位出来吧!"

三位出来了,问:"怎么样啊?"

"还行,挺好。"

"什么叫挺好?"

"那个,华二哥,您走吧,我这庙小容不下真佛,在这个院子里我能保着您,出去之后咱们各由天命,好不好?您快请吧!"

"啊,行,我也不给你添麻烦,我走了啊!改天有机会,咱们见面再说。"华云龙开门走了。

剩下雷鸣、陈亮不知怎么回事儿，就问："怎么回事？"

"一言难尽啊！坐坐坐，来来来，接着喝着，喝着说着，给你们聊刚才那点儿事啊！"

这时门一开，马静的媳妇进来了，端着刚热的酒菜。马静站起来了，对媳妇说："对不起啊，对不起，对不起！"

媳妇愣了，问："啊？怎么了？"

"我明白就得了，快去吧，快去吧。"

屋里几个人正说话，华云龙出来了。他恨透了济公："你说我惹你招你了，你要是衙门的人也行，凭什么追得我上天无路入地无门啊？现如今在这儿待不了，我先走，找个安身之处，咱们回头算账。"

往前一走，影影绰绰看见前面有一座桥，桥底下有个和尚，正探头探脑往外看，鬼鬼祟祟的。华云龙心想："哦，怪不得你能掐会算，你就算定我要从这儿走啊！济公，你在桥这儿等我，我先别过去，我干脆给你来个暗器吧。"

金风未动蝉先觉，暗算无常死不知。他身上带着镖，而且他的镖是毒镖，拿毒药煨过，人沾上就完。华云龙掏出镖来，影影绰绰一使劲，"啪"，和尚正探头，就这一镖"腾"扎在哽嗓咽喉，躺在那儿了。华云龙过来手起刀落："疯和尚，你没想到你也有今天吧？"

他杀的不是罗汉爷。刚才跑了一假和尚，小白虎周兰正好跑到这儿，躲在桥底下。这座桥的名字叫卧虎桥，他犯了地名了。他叫小白虎，这叫卧虎桥，就卧在这儿了。过去好多这样的事，比如庞统，叫凤雏，死在落凤坡了；闻太师死在绝龙岭；杨家将被困在两狼山虎口嚼羊峪；《隋唐演义》里边，裴元庆死在坠剑沟，坠剑沟也叫"庆坠山"，裴元庆就坠在那儿了。

杀完人，华云龙消失在茫茫夜色中。和尚满处乱跑，他不是抓不着，是因为好多事情有一定之规，不能破坏，正所谓天道循环！

天一亮，罗汉爷出现了，看见一处人多，他过去凑热闹。一看，这儿坐了一人，四十来岁，一丝不挂，从头上到脚下连一根线都没有，一个大老爷们光着屁股坐着。面前围了一帮人。大家都看他："这是怎么了这是，热成这样。"他坐在这儿："我渴呀，我渴，渴。"没人敢给他水喝，不知道怎么回事。

正纳闷，罗汉爷进来了："是是是，穿这么些，你要点什么呀？"

"我渴。"

"我给你弄水去啊！你说说你怎么回事吧？"

"我不是这儿的人，我是外边做生意的，买卖不是特别好，反正归了包堆，除刨净剩，还剩下一百多两银子。跟我合伙那哥们不错，给我凑了二百，我带着回家。昨天走累了，我说我歇会儿，坐在路边石头上了，来一大胖和尚，也不知道怎么招他了，非说我这样要死，还说给我点儿东西吃，我也是一时糊涂，就吃了。吃完之后，我就觉得迷迷糊糊，眼瞅着他把我东西都拿走了，钱也拿走了，衣服都给我扒走了，一丝不挂啊！我现在上天无路入地无门……哟！我怎么还光着呢！"

大伙说："一宿多了，你刚想起来啊？这是吃了迷魂药了。"

"这可怎么办？我这分文无有，怎么回家呀？"这人哭道。

罗汉爷乐了："你先穿上，别冻着啊！"说着把僧袍脱下来了，给他围在身上，要不然有碍观瞻。当然了，和尚这件外套也整齐不到哪里去。

和尚光着膀子，穿条破裤子，两个人坐在一起。周围这些人乐了："行，这俩行了啊，我们村里添了摆设了，啊，这两位还挺好看。"

和尚坐了十分钟，问："你饿不饿？"

"现在饿，你们来之前，我就觉得我这脑子里是浆子，心火也大，喝完您这个水之后就觉得想吃点儿东西。"

"你想不想吃点红烧海参？"

"那我哪儿敢想啊，我有口吃的就行。"

"走，咱俩吃饭去啊！"

"走！"

二人手拉手走，街上没有不看的，这个光着屁股，围着破僧袍，连鞋都没有，那个光着膀子，穿条破裤子。前边不远有一条很热闹的街，靠东口有一家很大的饭店。

二人来了，站在门口。伙计们眼都直了：和尚光着膀子一身馊，后边这个光着屁股围一僧袍，这是哪儿冒出来的两位大人啊？

二人上楼，找八仙桌子对着脸一坐。"伙计，点菜，上等酒席一桌，有扒海参没有啊？"

"有，要什么都有，这一桌是二十一两银子，吃吗？"

和尚点点头:"你带钱了吗?哦,他没带钱!"

"哦,那您看?"

"那你还不明白吗?"

"哦!"伙计转身就走。

和尚:"回来,回来,你还没问我呢?"

"你带钱了吗?"

"也没有!"

伙计气极了:"二位外边凉快凉快去,你俩走了这桌椅板凳还得重擦一遍。"

"上菜,别废话啊!差不了你的,上菜。"

过去饭店的规矩是吃完了再结账,不能先要钱。伙计也不敢得罪,那就上菜。煎炒烹炸焖熘熬炖,葱烧海参端上来。那位光看着,不吃。

"你怎么不吃?"

"没钱。"

"你还在乎这个啊!吃吃吃,一会儿有人结账,快点儿快点儿。"

"哎哎哎!"二人吃得特香,尤其和尚连吃带玩,弄了一身。正吃着,楼梯上"噔噔噔"上来两个人,一眼看见和尚了。"我说什么来着,师父在这儿呢。我打楼下就听见吧唧嘴了。"雷鸣、陈亮从小月屯出来之后,赶紧找师父。走到这楼底下,听见楼上的声音。

"咱师父在这儿呢，正在品尝海参。"

二人撩衣裳跪倒："师父。"

"快起来，就等你们俩了，我刚把海参给你们弄凉。"

"不吃不吃不吃。"

"来来，坐，跑堂的，加点儿酒。"

跑堂的上来一看，放心了，这二人穿得干干净净，有人结账了。上菜上酒，几人吃着喝着聊着。雷鸣看看陈亮，陈亮看看雷鸣，二人直嘬牙花子。和尚乐了："有话就说。"

"师父，您这叫什么话呀？你们不就是为华云龙吗？是！我们之前对不起您，不该跟您藏心眼，但是坐在这儿，咱爷们儿聊闲天啊……我是这么想，其实他跟咱们远日无冤近日无仇的，您也不必为他上火，您说是不是？"

"去，要笔，要墨，要纸，我要写字。"

"哎，伙计，笔墨纸砚。"

把笔墨纸砚拿上了，和尚拿在手里写，写完叠好了，塞进一个信封里。"啐"一口，比胶水还黏。

"来，你俩，把这封信揣在身上。"

"哦，师父给谁送信？"

"一会儿再说，身上有钱吗？"

"有四锭黄金。"

"拿俩出来。"

"哎。"拿出两个搁桌子上。

"你呢?"

雷鸣说:"我有五十两银子,我都拿出来给您吧!"

"好!"

五十两银子,两个黄金锞子,搁到一起,和尚递给光屁股这位了。

"老张,"他姓张,"老张。"

"哎,师父!"

"这个给你,够你那个了。"

"哎哟,我怎么报答?"

"你就拿着,没事。你们俩吃完饭,送他去龙游县,得送他到家。到家之后,你们俩奔县城十字路口。十字路口靠左边有一家酒馆,上二楼,二楼左起第三张桌子,你们俩对脸坐,坐在那儿,打开我这封信,照信行事。如果没把他送到家,我弄死你们俩;如果没去十字路口那酒店,我弄死你们俩;不在二楼坐着,我弄死你们俩;没在第三张桌子,我弄死你们俩;不是对脸坐,弄死你们俩,知道吗?"

"师父您这意思我们猜不着,您再说一个吧!"

"别废话,别废话,赶紧吃,吃完赶紧干正事。"

二人听话,吃完了,结了饭钱。"师父您上哪儿去?"

"别着急啊！到时候就知道我上哪儿去了！你们先走。"

"哎。"

二人转向光屁股："这位……您贵姓？"

"我姓张。"

"是不是先换身衣裳啊？从这儿到你们家，我们算了算有三十来里路，我们俩都没事，老跟着个光屁股的不好看啊！"

三十来里路，这二人脚程也快，到了，先送这位回家。

"咱们走吧！县城，十字路口，找那饭店去，没有那饭店咱俩得死。可别拆了啊，拆了得弄死咱俩。"

到饭店了。"就是这儿。"

"你看准了？"

"错不了，咱俩这命在楼上。"二人上楼，从边上数一二三，"就这桌子，坐下吧。"

"歪不歪？"

"不歪吧！"

"不歪啊，行嘞，面对面坐着啊！" 把信掏出来了。

雷鸣："来，陈大哥，您看。"他不识字。

陈亮接过来一看，见和尚亲笔写的几句话：两个徒弟义千秋，今晚采花赵家楼。云龙若是无此事，贫僧明日返杭州。

"哦,明白了,夸咱俩人义气千秋。今天晚上华云龙要到赵家楼采花,如果今天晚上他没去,这事就算拉倒了,和尚就不抓他了。"

"这有点太神奇了吧!那咱们先问问有没有赵家楼啊!"

"对,伙计,伙计,伙计。"

伙计上来了:"二位爷。"

"你们这儿有赵家楼吗?"

"没有!"

"啊?没有赵家楼吗?"

"没有啊!"

"奇怪了,那有没有姓赵的大财主,家里有楼的啊?"

"有啊!我们这儿有一个赵百万,赵大善人,他们家有楼。"

"哦,在哪儿啊?"

"我们这个县城的街道都是方方正正的。您出去之后往东走,一直走到头,往右边一拐,瞧见一大片宅子,就是老赵家。还别不告诉您,我们整个县城就他家有楼,前后五六进的院子带后花园,大户人家。"

"那行嘞!"二人吃饱喝足了,"咱们得探探道去,晚上采花,这会儿天还亮着,咱们去看看,查查地形。""好嘞,好嘞。"

二人下楼,拐弯抹角,抹角拐弯,就到了。真是有钱的人家,

院墙很高。他俩围着院墙走了一大圈,到后花园这儿,离着不远有一土坡,站在土坡上看,院里有假山、金鱼池、阁楼,什么都有。

"就是他们家了!"

"行!咱们晚上来。"

"晚上来。"

"好嘞。"

从土坡下来,顺着院墙往回走。正走着,就看前边有一大帮人围成一个圈,里边有一个女子正在哭泣。

第8回

怜贫英雄施恻隐
雷陈护花赵家楼

> 道德三皇五帝,功名夏后商周。
> 五霸七雄闹春秋,顷刻兴亡过手。
> 青史几行名姓,北邙无数荒丘。
> 前人田地后人收,说甚龙争虎斗。

赵家楼外头一大帮人围着,雷鸣、陈亮过来了,扒开人缝一瞧,正当中地上跪着一个少妇,二十来岁。一看这状态,就是家里出事

了。穿白戴孝,跪在地上,哭得眼泡子都肿了,旁边站着一个老头。这女的光哭,身后站着的大爷说话了:"列位,各位好心人,我跟她是邻居,我们都住在那边的胡同。这可是个好孩子,小两口和婆婆一起过日子。她丈夫腿上长疮了,干不了活,不能挣钱,就指着她一天到晚缝连补绽,给人家做针线活过日子。如今婆婆死了,把家里翻遍了,连棺材钱都凑不出来。没别的,到这儿来了,求好心人施舍一下。"

其实他们是奔着赵家来的。赵家是大善人,早先常施舍棺材,只要穷人家死人了,到这儿磕个头,就拿钱拿棺材。后来坏人太多,有道是"善门难开",到最后赵家不舍了,除非把死人抬过来,他们亲眼看着。可是谁家人都死了还能把死人抬出来?所以,好多人也就不来了。

今天这家实在是没有办法了。小媳妇跪在这儿哭,老头一说,周围人就有动心的,把钱掏出来了。刚要给,旁边有说闲话的:"显你?你知道是真的还是假的?"

"也是。"那人又揣起来了。

本来这银子都拿出来了,他这一句话人家又揣起来了。这小媳妇是个老实人,眼瞅着那人要舍钱了,又揣起来了,哭得真叫一个惨。

雷鸣、陈亮你看看我,我看看你,心想:这不叫事啊。二人掏出银子包,拿手一掂量,有四十两,分开人群进去了,把银子包往这儿一扔。

"拿着吧,不叫事儿。" 雷鸣是英雄,但是愣,不太会说话,把人吓一跳。

"这位好心的大爷!"

"别客气,四十两银子给你。"

"用不了这么多。"

"多买几个。"净干好事,但不会说话。

后边的老头:"快磕头,磕头!谢谢这位大爷!"

小媳妇磕头。

"哎,不叫事儿,不叫事儿。"雷鸣、陈亮分开众人,走了。

快三更,整个客栈里边都睡得差不多了,雷鸣、陈亮换上夜行服,由房上往赵家楼去了。赵家楼灯火通明。今天是赵善人过生日,所以家里边热闹。

哥俩顺着房顶往前走,在一家人的屋顶蹲住了,四下观瞧。突然间就听见屋内的人说话了。一听,是丈夫跟妻子说话。这个人身体不是很好,不是那么洪亮。"你把恩公的牌位供好了吗?"紧跟着是一个女人的声音,"你放心,两位恩公的牌位我已经都供好了。今天拿了人四十两银子,保佑他们两位长生不老。"俩人一听这事儿熟,今天白天刚给人四十两银子,两位恩公莫非是咱们俩吗?咱们瞧瞧。

二人蹲到一旁小房的屋顶上,往这边斜着瞧。屋里边点着灯,屋里的人一看就是白天借了四十两的小娘子。屋子正当中的地上拿两条长条板凳驾着门板,门板上躺着一具死尸,盖着白被。这就是他们家老太太。

咱们之前介绍了，婆婆去世了。靠这边是一张床，床上躺着她的丈夫，瘦骨嶙峋，病态十足。这小媳妇蹲在地上干活，旁边的桌上摆着这么一个牌位。很简单，拿笔写的是"二位恩公之神位"。

两口子聊天：咱不能白拿人四十两银子，咱们家还不上钱，别的也做不了，就天天给人家烧香，好好地求老天爷保佑二位恩公。这是户感恩的人家。

房顶上哥俩一抖搂手，你瞧咱俩要倒霉。为什么说要倒霉呢？想当初有一位大英雄叫秦琼。《隋唐演义》里边说过，秦琼当街卖马，那么大的英雄差点没饿死。为什么呢？就是因为有人给他上香。

隋朝有一个杨广，不是个好人，打从当太子的时候就干坏事，欺娘戏妹鸩兄图嫂，天底下的坏事都让他干了。他跟唐国公李渊沾亲戚。这一天，李渊的母亲过生日，杨广来了，跟李渊两人下棋聊闲天："下棋咱们赌输赢，输了怎么办，赢了怎么办。"

杨广说："我输了，万里江山给你。"

李渊吓一跳，"好家伙，江山是你们家的，拿江山给我，我们这做大臣的拿什么输给你？"

"没事，你要输了把你媳妇给我。"

李渊抄起棋盘，把杨广的两颗门牙打了下来。因为这个，李渊辞朝不干。要走可以，你得把你媳妇留下，杨广又派兵去追李渊，追到临潼山。短兵相接之时，秦琼打这儿过，把李渊给救下来了。

救完之后，秦琼挺害怕。刚开始不知道打仗的是谁，这一问才知道，一方是太子杨广，一方是唐国公李渊。秦琼自己不过是山东历城县的一个马快班头，心说这用得着我帮忙吗，骑着马就跑。

李渊在后头还问呢："这位英雄您姓什么叫什么？"

那边一摆手，意思是你别问了。一摆手，李渊说："哦，你叫'五'。那您姓什么呀？"

他攥着熟铜宝锏，宝锏上有"秦琼"俩字儿。攥住这个"秦"字在摆手，"琼"字儿就被李渊看见了。哦，这位英雄叫琼五，回头弄了块牌子——"恩公琼五之神位"，晨昏三叩首，早晚一炉香。他是帝王之位，后来的唐高祖啊，天天给马快班头烧香磕头，磕得秦二爷当街卖马差点没饿死在外头。所以说活人不能受香火。

房顶上哥俩一瞧，坏了，照这样烧香，咱们离被捕就不远了。这俩绿林盗的大贼正犯愁呢，屋里边说话了："行了，天也不早了，这碗药喝完了就睡觉。明天白天，王大爷带着我买棺材去给咱娘发送。""好嘞。"灯就吹了。说是灯，其实就是死人跟前点一小根蜡烛。媳妇在这边有个小床，就偎在那里睡着了，丈夫在另一边也睡着了，屋里边正当中停着老太太。房顶子上还站着两位呢，两人说："这怎么办？他供着咱俩的神位呢。没有说活人受香火的，咱俩离被捕不远了。你说怎么办？""我下去给他偷走。""偷走了他还能再做一个。老偷老做也受不了，咱还干点别的不干了？"

正琢磨着，突然间就觉得这边有动静。回头一看，瞧见墙头上驾起了一个小梯子。底下那人左看右看，没人，把梯子搁好了，往上爬，扒着墙头往下看。他只要稍微一抬头，就能看见这有俩参观的。大屋里很安静，搬梯子这主儿很开心，点点头，坐到墙头上来，把梯子码到墙的另一边，摆好后顺着梯子下去了。他这是要偷东西。

那么说这人是谁呢？就是胡同的邻居，姓钱，叫钱如命。白天一大帮人围着给了四十两银子，被这小子看见了。这小子不是个好人，第一没说过实话，第二没干过人事，吃喝嫖赌，人间的坏事干尽了。家里边就剩他光棍一个人了，刚开始是把孩子卖了，卖完孩子觉着还想"创业"，没钱就把媳妇卖了。丈母娘找他算账，他又把丈母娘卖了。老丈人不敢去了。好家伙，这小子能耐太大了，大买卖人，成天买人卖人。

他白天瞧见那有四十两银子，心想："太棒了，这要是我的多好！我晚上就去，要是被发现了，我就说是来吊孝的。"就这样，搬椅子，顺着墙头上来，顺着墙头下去，蹲下往屋里边走。

屋子正当中躺着一个死人。这边媳妇几天没好好睡觉，拿着四十两银子心里踏实了，一放松就睡着了。丈夫有病，喝完药早已睡。屋里边很安静，钱如命这小子打外边蹲着就进来了。进来先瞧瞧，这屋子连个破柜子都没有，穷得连搁钱的地方都没有。他往前走了走，一看媳妇睡觉的地方，旁边炕席边上鼓起一块来，银子就放在那儿。钱如命蹲着过去，把银子揣在怀里头，又蹲着往外走。

出来之后，他兴奋得都不行了，上梯子，翻过去，把梯子顺过来，下梯子回家。他在底下走，房顶上俩人跟着他走。现在离三更天还早，赵家楼那边得三更之后，能让偷钱的溜走吗？得先跟着他。

钱如命没跑远，都是街坊邻居，拐弯抹角转过一条胡同就到家了。这小子进门后那叫一个高兴，他们家一进门有一个小柜子，他自己有点零钱在柜子里边。他把偷来的银子放进柜子里，把自己的零钱抓出一部分揣在怀里，拿着酒壶打酒去。

他出来打酒，雷鸣、陈亮就进他家里边去了。进去之后打开柜门，把那四十两银子包拿出来，又把柜子里的零钱塞到一起，揣在怀里。桌子上的东西，床上的被子都堆在一块，放把火一烧。

火苗子起来的时候，钱如命正好回来。一进门，"啪"一个大耳刮子就招呼到他脸上，紧跟着就被人用绳子捆住，嘴也被破布堵上。俩人拿着刀："告诉你，我们俩是神仙。你踏踏实实跟这儿待着，一会儿熟了就好了。"雷鸣、陈亮出去，火也起来了，钱如命的嘴被堵着，也不能喊救命。

这时外边路过两个打更人，瞧这屋里边不对，又冒烟又冒火，怕是在闹鬼。又听一个声音嗷嗷叫了半天，像是活人的动静。踹门进来，一瞧钱如命在那儿捆着呢。那得赶紧救他，把绳子解开，把嘴里的东西掏出来。钱如命顿足捶胸地哭，家是没有了，衣裳全完了，这一下一贫如洗了，也算是给他一个报应。

放下钱如命不说，回过头来再讲雷鸣、陈亮。他们顺着房顶回来，直接进屋。老太太停在屋中间呢，盖着白布。二人一伸手，打白布单子里把老太太的手拿出来，把银子包搁在死人手里。搁好了，两人出来，院里有些破洗脸盆，捡起一个来，一跺脚上了房。你看看我，我看看你，一点头，把盆往下一扔，说话了："跟你们说一声，刚才你们家闹贼了，现在钱给你们追回来，放在你妈手里边。我们是夜游神，告诉你们，要想日子过得好，以后不要再供牌位了。"

两人顺着房顶子跑了。这屋里人醒了，夫妇俩坐起来，怎么回事？出去先瞧院里的脸盆，再看屋里边老太太手里攥着的银子包。这银子包有变化，比原来大了，打开一瞧，里边除了那四十两又多了好些碎银子，还有一大包铜钱。两口子跪在地上磕头，反正神仙说了不让供牌位，就把牌位撤了。

快三更，雷鸣、陈亮来到了赵家楼。先扔了几个江米团。一看没事，二人翻下来，蹑足潜踪，顺着墙根走，直奔绣楼。到绣楼躲到窗户外，把窗户纸扎破，睁一目闭一目，往里观瞧。

这是家大户人家，屋子正当中是一个湘妃竹的榻，旁边是画案，墙上挂着琵琶，是一个上流社会的闺房陈设。哥俩躲到黑暗处看着。

听着前院，猜拳行令，弹唱歌舞。等了一会儿，将近三更天了，来了一帮姑娘，两个丫鬟搀一位小姐，一共三拨，即六个丫鬟搀着三位小姐。

有一位小姐是赵家闺女，那两位是赵家侄女。一大帮姑娘缕缕行行，一边说一边笑走过来。丫鬟搀着三位姑娘进了屋，洗洗手、擦擦脸，归置归置，换了衣服，打钩上一摘，把幔撂下来。安排好一切，丫鬟在桌子上放上一壶暖茶，就撤出去睡觉了。

耳听得谯楼上鼓打三更，忽然间，墙那边"噌噌噌"飞过来三道黑影。一瞧这身手就知道，这三人不是一般人，没声音。那三人到了地上，先看看周围，上二楼绣楼，站在绣楼口上，借灯光往里瞧。

为首的不是别人，正是大淫贼华云龙。他身后还跟着两个人，雷鸣、陈亮相互点点头，一看都认识，原来是西川路上的淫贼，一个叫白衣秀士恽辉，一个叫桃花浪子韩秀。前些日子，华云龙跑出来之后，在这儿碰见这哥俩了。流氓小分队会合后，约定夜半三更前来采花。

三人很谨慎，尤其是华云龙，从身上先把铜仙鹤掏出来了。铜造的仙鹤，肚子里装的是熏香，点着之后能着火。他把仙鹤这嘴捅进窗户纸，在后边扽仙鹤尾巴。一扽，烟就喷出去了，人闻着之后就晕了。这么一弄，算着时间差不多了，哥仨你看看我，我看看你，推门进去，直奔床榻。

把这幔撩起来挂金钩上，哥仨站在这儿看着，其中一人说："你别出声，一会儿把狗招来。太好看了啊！又勾勾又丢丢的！"

……

他们刚才进来的时候，那门没关死。

雷鸣、陈亮看在眼里，急在心里："师父让咱们拿他，这怎么办呢？"一回头，雷鸣卸了块瓦过来，心里暗道："来呀，警醒警醒。""等会儿！等会儿！"陈亮提醒，咱哥俩先从包里把牛皮面具掏出来戴上了。因为互相都认识，一揳他，回头就会看见他俩了。

二人戴好了面具。"来，走！"大瓦片扔出去。这时，华云龙三人还酝酿采花如何分配，听得一声，瓦片正揳在一人后脑勺上。雷、陈二人喊上了："呔！老赵家，快来呀！你们后花园绣楼闹贼啦！"大户人家有看家护院的。话音刚落，巡逻的一听闹贼了，"呛啷啷啷啷"，锣就响了，紧跟着就乱套了。华云龙三人跑出来了，雷鸣、陈亮还在楼梯口。华云龙以为这雷鸣、陈亮是看家护院的，气不打一处来，"呛啷啷"一声，把兵刃抻出来，跟雷鸣、陈亮打在一处。但是这三个淫贼的目的是逃跑，不是分胜负。打得差不多了，找一处破绽，哥仨就往下跑。雷鸣、陈亮一瞧，跟着追出去了。

雷鸣、陈亮不是真的要追，他们从老赵家出来，就回了客栈，面具一摘，在屋里喘口气。这会儿的工夫，伙计起床了。因为客栈有早走的客人，得捅开火给人做饭。伙计来了："吃点儿什么，喝点儿什么？"

"啊，对，沏壶茶去。"

"嚯！二位爷起得早。"

"还没睡呢。"两人坐在这儿喝水，等天光大亮，吃着早点。雷鸣说："完事儿咱俩怎么办呢？"

"咱俩能怎么办呢？咱们到这儿来，是奉师父之命。济公长老，他老人家让咱们来的。如今咱们听他的话了，咱们也做到了。接下来，咱们得去问他，怎么才能拿到华云龙。"

"行啊，那咱们天亮了就找他去。""咱们找他也不好找，咱就这么走，无论在哪儿肯定能碰见他。"

"好的好的。"

吃完了早饭，八点来钟，哥俩从客栈出来，漫无目的。正走着，听那边来的两个人在聊天。"你干吗去？"

"我没事儿。"

"走走走，瞧热闹去！有一和尚在那儿拦着棺材打架呢！"

雷鸣看看陈亮："得，咱找的人来了。一般和尚不会干这种事情，就是咱们找的和尚才会这样。"

"走走走，咱们去吧。"

他们跟着那二人走，拐过弯没走多远，就是龙游县的东门。到这儿一瞧，一大帮人正看热闹。有几个人抬着棺材，旁边站一个老头。这老头就是小媳妇身后的王大爷。棺材前边站一位和尚，也不用多说了，这和尚就是济公长老，西天真身罗汉，降龙尊者降世临凡。

这老头是本家小媳妇求来办事的。"我一个妇道人家，也不方便出头露面。您受累，给买口棺材，要最好的。多少钱我们给。"

老头热心肠："我去我去。"到棺材铺，跟掌柜的说："要最好的。"

"啊，最好的呀？这个最好，多少钱多少钱。"

"哟！您卖得比别处贵。"

"废话，你要最好的。"

"好好好，我这是给人家办事，可千万别不行，那回来我……"

"别废话！你来这最好的，我还得雇四个伙计给你抬着。"

四个伙计抬着棺材，跟着老头出棺材铺，刚走到路口，被一和尚拦住了。

"站住！"和尚说话不利索，"站，站，站住！"几个人都愣了，那老头过来了："师父，什么事情？"

"那买的什么呀？"

"买的棺材呀。"

"哦，这装什么的呀？"

"装死人的呀。"

"哦，给你买的？"

"我还没死呢。"

"可以死。"

"不是，师父，您这叫什么话？大早上起来的，您别拦着我了。我是给人家办事，得赶紧给人送棺材去。"

"着什么急呀？是装一老太太吗？"

"是装一老太太。"

"是你老相好吗？"

"师父，您闪开好不好？我们有正事儿。"

"我也有正事儿。我问你，你是不是跟那老太太……"

"没有，怎么可能？"

"看着挺般配的，这棺材你俩能一起躺。"

"师父，您这叫什么话啊！您让开！"

"我不能让开，我问你，这棺材是你们家的还是别人家的？"

"人家的，我替人家买的。"

"你在这里挣钱了没有啊？"

"天地良心！我从来不干这种事情，我怎么能挣这种钱？"

"那你买的是最好的棺材吗？"

"对呀，掌柜的说是最好的棺材。"

"是，你怎么知道是最好的棺材？你躺里边试了吗？"就没有一句话说得像人话。

"大师父,我也不认识您,您别跟我开玩笑,我有正事儿。"

"我也有正事儿,你让我看看你这棺材,行不行?"

"师父,这棺材有什么可看的?"

"我,我想玩会儿。"

"怎么还有玩棺材的?"

"那你闪开了!"和尚说着把老头儿推开,迎着棺材头一抬腿,"啪",一脚给棺材踢碎了。这棺材就是两层板,当间夹着锯末。

"哎哟!"老头直跺脚,倒不是恨这和尚,得谢谢和尚,"您这一脚,我们才看出来了,这棺材铺的太欺负人了!咱们得找他去,哎哟!这和尚,我得谢谢您!我得谢谢您!"

"别谢,快去吧!下一口就好的了。祝你跟那老太太白头到老。"

老头也不知道和尚是谁。"走走,找他退货去,退货去!"

和尚一转身,雷鸣、陈亮就站在跟前了:"师父。"

"哎,刚才你岳父……"

"哪儿啊,谁岳父?"

"那老头儿不是你岳父?"

"师父,您别闹!来来来,上这边儿来。师父,您是活神仙!"

"怎么样?"

"您写得都对，夜半三更，采花淫贼华云龙夜入赵家楼。多亏我们哥俩在，当然是多亏了您老人家在。"

"好，好孩子，行，你们干了点儿好事。"

"是，干了点儿好事，接下来呢？"

"唉，刚才你们来晚了，你俩应该跟着那老头儿走，因为拐过去有一家棺材铺，你俩应该一人订一口棺材。"

"师父，此话怎讲？"

"没事儿，我这人好俚戏，好闹着玩儿。但是你俩不是要死了吗？我也不能见死就救啊。"

"您这叫什么话呀？非得让我们死不可！"

"不是，你们俩要死。反正要想死在这儿，就买棺材，埋在这儿就行了。"

"师父，我们不想死，我们才二十来岁。"

"哦，那明年再死。"

"别，不想死，不想死！"

"不想死只有一条道。"

"师父，您说，我们该怎么做？"

"今天下午之前，你俩必须离开龙游县。只要出了龙游县的边界就没事了。下午之前不出龙游县，你俩必死无疑！"

"哦，行行行，龙游县东西南北四个方向，往西走有多远？"

"往西走得三十来里地才能出龙游县。"

"哦，往北呢？"

"往北四百多里地。"

"往南呢？"

"往南五百里地。"

"哦，那再往那边？"

"往那边三万多里地。"

"那这么说，我们就奔西走？"

"对，只有奔西走，你们才可能活得了。"

"怎么还'可能'啊？"

"别废话，赶紧！赶紧奔西走，要不然非死不可！"

"哎，好，谢师父！咱们在哪儿见面？"

"坟地，坟地，我给你们上坟去。"

"师父，您别闹了！那我们先走了。"雷鸣、陈亮点点头，深施一礼，奔西而去。这一憋气跑出去也不知道有多少里，反正够喘的。二人一身的汗，找棵树，在树底下坐会儿。一个放牛的孩子，骑着牛从这儿过。

这两个人喊："哎，小孩儿！"

"干吗呀？"

"这是哪儿啊？"

"这是龙游县啊。"

"还得走多远能出了龙游县？"

"没有多远，再走十步你们就出了龙游县了。"

"哦，谢谢啊。"小孩走了，二人你瞧我我瞧你。"行，再有十步，咱们就出龙游县了，咱们就死不了了，挺好。"正说着，一回头，哟！面前站定一人。完了，二人必死无疑！

第9回

丧天良毒断恩义
奔穷途慌走恶贼

"山前梅鹿山后狼,
狼鹿结拜在山岗。
狼有难来鹿搭救,
鹿有难来狼躲藏。"

那么说他们遇见的是谁呢?正是西川路乾坤盗鼠、采花淫贼华忠华云龙,这个故事的书胆,反一号。他和流氓小分队走散了,没

想到在这儿碰见雷鸣、陈亮了。

"哦,雷、陈二家弟兄。"

雷鸣、陈亮你瞧我我瞧你。雷鸣说话愣:"给您道喜!给您道喜!"

华云龙就愣了:"什么呀?我喜从何来呀?"

"喜从何来?哼!赵家楼黑夜之间前去采花,三个姑娘在那儿躺着你还要挑,这不是大喜吗?"

华云龙贼心眼子大,当时就明白了,再一瞧:"昨天晚上是你俩是吧?"

"不错,是我们俩!"

把华云龙气得,按雁翅退绷簧,"呛啷啷",把刀抻出来了。"我跟你俩拼了,坏我的好事。"

陈亮不愿意动手,如果能把华云龙拿住更好,但是不能伤交情。刚要劝,雷鸣站起来,把刀抻出来了,"我去你的吧!"插刀换式,打在了一处。陈亮就劝:"哎!别别别,好说好说好说!"他推华云龙,"华二哥你别生气,都是兄弟别伤和气。"又把雷鸣按住了:"别别别!"

就这么一会儿的工夫,华云龙一闪身跳出去,从百宝囊掏东西。之前有一种镖叫斤镖,不是说这镖是由黄金打造的,因为拿黄金打造的,硬度不够,不能扎在身上或者致人死命。斤是指的分量,斤两的斤,不是黄金的,要带着二十斤黄金出去,打不了人也得让人抢了。华云龙的斤镖是淬过毒的,往外一跳一伸手,在百宝囊里掏出镖来。

陈亮还劝："你别着急，咱有话好说。"正说着，镖就过来了，"啪"的一声，正打在雷鸣肩头，他半拉身子一发麻，坐地上了。陈亮傻了："哎！华二哥！你！你怎么？哎！这……"拿手一指没说出话，再回过头看，雷鸣脸上都变色了。

"罢了！罢了！唉！我也没想到，我这一辈子交代在这儿了，我赶紧跟你说，我怕一会儿说不出话来。江湖上都知道有雷鸣就有陈亮，今天我死在你跟前了。哥哥，罢了，我这辈子没白活。你救不了我了，他这镖有毒，我现在觉得浑身发麻。您要念在弟兄之情，就去一趟凤凰岭，找杨明杨大哥，他是绿林道的总瓢把子，让他撒绿林贴，天下英雄一起拿华云龙。我也不要别的，把他押到我的坟前，开了膛摘了心，我死在阴曹也念您的大恩大德。"

"不是兄弟，你别……"

这正说着，华云龙听见了，心说：哦，连我的后事都想周到了。到凤凰岭找杨明？杨明在绿林道上的外号叫威震八方。我这镖还是跟杨明学的，如果把他叫来，我就完了，还得撒绿林贴拿着我，在你坟前开膛摘心，那得多凉啊！华云龙一回头，看这二位还在说话，一不做二不休，华云龙又掏出镖来："陈亮！"

"啊？"

"啪"，镖就出去了，"噌"，正打在陈亮锁骨上。打得真准！

"咣当"一声，翻身倒地，陈亮乐了："罢了！江湖上都知道有雷鸣就有陈亮，咱哥俩是自己人，今天咱哥俩死在一处，能够并骨了。罢了，罢了！我觉得死得其所，挺好挺好挺好！"

华云龙从远处看见二人倒下了，乐了，拎着刀过来了："天堂有路尔不走，地狱无门自来投。你说能怨我吗？这是找死啊！我看你俩也够难受的，得了，好歹都是绿林道上混的，我也别让你俩受罪，一刀一个，好不好？先杀谁啊？"

这正说着，身背后有人喊他一声："云龙？是你吗？"

"啊？"他一回头，来了这么一位英雄：四十岁上下，宝蓝缎子英雄氅，气宇轩昂，三绺黑胡，背插单刀。谁啊？刚才念叨半天了，"威震八方"杨明，凤凰岭绿林道总瓢把子！

"杨大哥！您挺好的？"

"哎，兄弟，您怎么在这儿呢？哎！这怎么了这是？"

"唉，大哥，我都要气死了！"

"别生气，怎么回事？"

"雷鸣，陈亮。"

"是是，他俩怎么了？"

"这二人无法无天，乌竹庵一刀连伤两命，夜入秦相府……"说得特别细致，因为全是他干的，一直说到赵家楼的事，"黑夜之间这二人要采花，二人采花三个美女，我实在看不下去了，所以要替天行道。"

杨明一听："啊？怎么还会有这种事情？"

那二人说不出话，但脑子还明白，差点儿没气死，心想："有的事原来我们不知道，这小子坏透了。"

杨明人很好，别看是绿林道的人，但是不行凶不作恶，称得起"侠客"二字。有一段时间，家里来了一个绿林道的哥们儿，"杨大哥，我久闻您的名声，今日特来拜访。"

"您怎么称呼？"

"小的我有一个小小的外号，叫黑风鬼，名字叫张荣。我跟华云龙是把兄弟。华云龙和您近，所以我觉着和您也不远。"

"哦，好好好，快进来吧。"

绿林道有绿林道上的规矩，走遍天下，一报字号，只要有过耳闻，一定得照顾。马高镫短困在哪儿了，只要一说都得管。这是江湖义气。后来有好多人把"江湖"两字当成贬义，其实不对。"江湖"两字代表的是道义和人情。有人走道才会有江湖，它不是贬义，而是宏观的、大气的褒义词。

张荣留下来了。这小子嘴甜，杨明也不拿他当外人，把自己的母亲请出来了。张荣赶紧给老太太磕头，"老娘您挺好的？"杨明又把媳妇叫出来了，他的媳妇很漂亮，大奶奶姓马，父亲也是一个练武术的，所以说这媳妇文武双全。杨明平时得出去照顾生意，就告诉张荣在家里吃着住着，有什么事和嫂子说就行。

这个嫂子很漂亮。张荣就起了歹心了。有时候他看着嫂子礼貌性地冲他乐，就想为什么我冲她乐她也冲我乐呢？

一晃两个月过去了。这一天下午没事，杨明的媳妇坐在外边纳鞋底子，张荣打外边溜达进来了，"嫂子您忙着？"

"兄弟你坐那儿。"

"你这鞋纳得真好看。这是给谁弄的？"

"给你大哥纳的鞋底子。"

"我瞧瞧。"

"这有什么可看的？"说着大奶奶就把鞋底子递给他了。她一伸手，张荣没接鞋底子，反而去叼人家的手腕子，"啪"鞋底掉了。马大奶奶当时就明白了，人家打小是练武术的，一瞧这小子犯坏，一翻腕子抡圆了"啪"一个大嘴巴，抽得张荣转了三圈。

"这可不得了了，得赶紧跑，要不然杨明回来怎么办？我可能是误会嫂子了，她爱我还没有爱得那么深。"就这样，张荣收拾东西跑了。

跑了没几天，杨明就回来了，问张荣哪去了。人家媳妇不爱挑事儿，多一事不如少一事，就回："走了，走两天了。"

"上哪去了？"

"没说。"

"还回来吗？"

"谁知道？"

"不对。"杨明是绿林道的人，眼观六路耳听八方，拿眼一打就觉得有问题。"家里的，你跟我说实话，怎么了？"

"能怎么着？没事。"

"别价，这叫什么话？发生什么事了？"三问两问，媳妇答道：

"也没什么,这小子起歹心了。"大概这么一说,把杨明气坏了,"不行,我得找他去!"

在家里住了两天,归置归置东西,杨明就出来了,他要找黑风鬼张荣理论理论。这一天,杨明正往前走,就瞧前面有一条不算深的小河沟,河沟边上站着一个老头,老头哭着要跳河。

杨明凑上前去,"好死不如赖活着,您这是遇见什么事儿了?"

"你也管不了。我现在是一点念想也没有了,非死不可。"

"您别这样,说来我听听。"杨明把老头从河坡上扶起来。一打听,这老头姓康,叫康德松,就一个闺女,爷俩过日子。这闺女许配给了城里开绸缎庄的一户人家,但是那家人一直没来迎娶。最近人家来信了,说孩子也不小了,准备迎娶。老头就这一个闺女,为这闺女把家里边值钱不值钱的东西全卖了,包括之前存的一点钱也换成了银票,想着把闺女送过去给人家,这婚事就成了。

但是老头这边还有点别的事。他之前是做小买卖的,还有点乱七八糟的货,所以不能跟着去,就打发家里过继过来的儿子康成送闺女和银票。

康老头把银票和给闺女准备的乱七八糟的东西都给他了,弄了头驴,闺女骑着驴,所有东西都交给这儿子。康成赶着驴带着闺女走了,可是这一走就音信全无。老头的日子可就没法过了,就为了这个要跳河。

杨明问完了,说:"您也不至于为这去寻死,万一道上有点偏差,或者没有时间给您送信呢?我陪您去一趟,您知道他们家住在哪儿吗?"

"我知道,住哪个镇子我都知道。"

"那不结了吗?我陪着您。咱一块去。我也没什么正事,搭个伴一块儿走,走到哪算哪。"

就这样,杨明带着康老头出来了。走来走去,刚走到此处,老头说要解个手。他上旁边坡底下的庄稼地解手去了,杨明在一旁等着他,这才一回头,瞧见华云龙拿着刀要杀人。过来一说这个事儿,杨明还挺生气,走过来:"雷鸣,陈亮,你们不应该。你们比我小,我拿你们也当兄弟,你说你们这样做,传扬出去得让人笑话死啊!你们得向人家华云龙学啊!你看人华云龙……"刚说到这,"哎呀!"

华云龙站在边上看着三个人谈心,心想:"俩也是,仨也是啊,就这么着吧。"又掏出一斤镖来,奔着杨明后心,"啪",正扎后心上。华云龙站在一旁看着:"天堂有路尔不走,地狱无门自来投。你们仨这回行啦,刨一个坑省事,给你们仨埋在一起,下辈子你们仨淘上一个好人家吧。"

正高兴,身背后有人喊:"华云龙!华云龙你干吗呢你?"

华云龙一回头,嚯!和尚来啦!他天不怕地不怕就怕这和尚。

"华云龙,我可找着你了,来来来!"

"哎哟,我的妈呀!"华云龙抹头就跑!兔子都是他孙子,没有跑得那么快的!

和尚怎么来了?原来和尚踢完棺材之后,一转身,碰见了柴头和杜头。两位头儿也算倒了霉了,因为这和尚说没影就没影,不定什么时候回来,每一次惹祸都是和尚,惹完祸和尚就跑,二人满处找,都愁死了。

今天在这儿碰见了，两位头儿"咕噔"跪下了："和尚爷爷，我们可看见您了，您这是从哪儿来啊？""那，那谁知道去，哪儿，哪儿都去，快起来快起来，饿了吧你们俩？"

二人互相看看："没钱！"

"你们出来当差办案，你们不，不带点儿钱吗？"

"带了，不都让你给造了吗！到哪儿去先吃熘海参，出来这些日子，海参您吃了有三车了吧？连吃带玩的，谁受得了啊！"

"就，就爱玩海参。看见你俩了挺好，走，咱们仨吃早点去。"

两位头儿互相看，"去吗？""你有钱啊？""没有啊！""没有也去吧！你也不能把他放了，是吧？""走吧，走吧祖宗，您前头走。"

三人往前走，拐过去，有炸油条的、卖馄饨的、卖包子的。和尚看着，不进去："这不行，不好！"

"活佛，您不是吃早点吗？"

"啊，是啊！"

"这不是挺好吗？小笼包、馄饨、豆腐脑、炸油条。"

"这，没有海参！"

"咱还没钱呢！"

"吃完就有了，走，走，跟我走。"走到前面，十字街正当中，高挑幌子，大酒楼。

"来来，这来这来。""您去吧，我们在门口等您。""我一个人吃不了这么些。""我们等着，等着。""进来进来。"

三人进去，伙计迎过来："三位，怎么着？"

"吃饭！""那两位？""他俩人也是，他俩非要请我吃饭。"

找一大圆桌坐在那儿了。"师父，您吃点儿什么呀？""海参，就爱吃海参，再加一只鸡，来一肘子，两屉包子，凑合吃点儿吧。"

饭菜上来，和尚玩着吃着，两位看着他："活佛，您许给我们的华云龙怎么着了？咱们奉了秦丞相的文书出来逮他，我看您这些日子倒是胖了，营养也跟得上，吃海参吃得饱饱的，可是咱们这案子怎么办？我们都有家有口的，得回家过日子啊！我们不能跟您周游天下，到处吃海参去啊！您给个准信啊！"

"是，是，不着急！"

"您不着急，我们着急啊！"

"再，再等一等啊，再等一等，会有好消息的啊！"

"不是，您老说这个，我们怎么办？"

和尚一边吃一边乐，吃着吃着站起来了："别动啊，别动啊，我，我出去解个手，一会儿就回来。"跑出去还不忘回头叮嘱："别动我的海参。"

"您放心，没人动。"

和尚出了饭馆，打后门出去。那边路上来人了，一个男子牵着头驴，驴上坐着一个姑娘。这就是咱们刚才介绍的康家过继的儿子康成，驴背上驮的就是老头的闺女。那么说这小子在想什么呢？第一，我要把驴卖了，这个钱是我的；第二，嫁妆钱是我的；第三，找个妓院把我妹妹卖了。卖完之后，我拿钱娶个媳妇。老头的死活我不管。

驴已经找好买家了，但是这个县挺穷，没有妓院，康成牵着驴拉着姑娘一通转也卖不出去，只恨这里的民风太淳朴。正发愁，打对面来了一个和尚，把驴拦住了。"那是给我送来的吗？"

"什么？"

"我问你是给我送来的吗？"

"什么是给你送来的？"

"连驴带人带你，哪个是给我的？"

"驴给你有用？"

"可以吃。"

"我妹子是？"

"我给她卖了。"

"那我呢？"

"你死去。"

"哎，这和尚。我没招你没惹你。躲开，你没看见这道窄吗？"

"你让开点让我过去。"

"我们连人带驴怎么给你让道？"

"你把驴抱起来我就过去了。"

"废话，我抱得动吗？"

"你要是不过去，你得跟着我走，来，跟我走。"和尚拿手一比画，康成就觉着眼前发晕，跟着走就跟着走吧，糊里糊涂的。大姑娘坐在驴背上也觉得心神恍惚，刚才又着急又上火，这下平静下来了，反正坐在驴上面就跟着走。这驴也跟着糊涂，连人带驴糊里糊涂地跟着和尚往前走。

这边走了，两位负责看海参的等三个多钟头，伙计上来六趟。"二位还添点儿什么不添？"

"不添，什么都不要。"

"赶紧吃，你们这海参招苍蝇了啊！"

"是，不着急，我们等着呢，等结账的。"

和尚带着人和驴往前走，和尚走得快，驴就跟着快，和尚走得慢，驴就跟得慢，走来走去走去走来，就走到一个僻静之处。这驴也听话，站着不动，姑娘迷迷糊糊在驴上坐着直冲盹儿，和尚拿手一指康成："你上那边等死去，快去。"这康成真听话，低着头往那边去了。

和尚来到雷鸣、陈亮、杨明中毒的地方。刚才康老头不是去解手了吗？解完手之后找不到人了，再一回头看，好心的大爷躺在那儿了。和尚赶紧过去，发现好心的杨大爷还能说话，剩下的两人都口吐白沫了。

"大爷您怎么了？"

"你别管我，赶紧走。我对不起你，我本来说还能帮助你找闺女，现在我够呛了。"

"这是哪个坏人干的？"

"你也管不了，快走吧，要不然你也跟着受累。那两位比我中毒还深，都闭上眼了，估计也够呛。你快走吧，别在这儿了。"

"不行，咱们之间有缘分。虽然说我们没有交情，但是您愿意帮助我，说句良心话，我就念着您的大恩大德。我哪能见死不救？我要找大夫给您治病。"老头心特别好。

杨明说："你真别管我，你快走，一会儿那坏人要是回来了怕是对你也不利。"

就这会工夫，和尚走过来了。老头一回头："大师父，什么事情？"

"这儿好使吗？"

"什么意思？"

"我想上吊，想上吊，哪棵树合适？"

"您别闹了，上吊还问哪棵树合适。我们这儿好几个人都要死了，您还在这儿跟我们开玩笑。"

"好，谢谢，那我就在跟前找棵树。这棵行吗？"

"您别闹了，您干吗要死？"

"我是没办法，我本来不是和尚，是个在家的俗人。我就一个

闺女，闺女准备嫁人，我就把家里钱都敛敛给她。我也没个儿子，有一个过继的侄子，说送我闺女出嫁，现在连人带闺女带驴都没有了。我一着急把头发剃了当和尚了。现如今你说我怎么办？好不容易当了和尚，谁承想当了和尚我也活不了。我出去化缘，人家给我拿了银子，没承想被人给偷走了。我回庙也回不了，现在只能去死。"

康老头叹口气，天底下相似的事情太多了，唯一不一样的就是他是个和尚。这老头很善良，听完和尚的话之后心里很不是滋味。

"你可能都不相信天下会有这样的事情。"和尚说。

"我相信。我也是这样。老天爷，这是怎么的了！"老头哭了，和尚也跟着哭，"我不想活了，没意思，我要死去。"

杨明听见了，说道："大师父，来，我这还有点银子。我这要死的人要钱没用，我给您。"伸手打怀里掏出银子包，"给您这银子，您拿着快回庙，千万可别死了。"

"那行，来，给我看看。"和尚把银子包揭开，"这成色不好，都泛黄了。"

这话把康老头给气得，"你可以了！这是白给你的。"

"行，那凑合吧。银子不好，算你欠我个人情。"揣上了要走，一回头，"商量点事儿行不行？"

杨明说："什么事儿您快说，我怕坚持不了多久。"

"我不能白拿你的银子，我有点事儿想跟你说。"

杨明挺感动：你看人还是得做好事，我给他银子，他感动不能白拿，这是憋着给我买口棺材成殓。"大师父，您也别客气。"

"我也不能白拿你银子。我是这么想的，你都要死了，身上的衣裳别浪费了。是不是？把你这身衣服脱下来给我，这死就死了。"

这下把康老头气得！"我说和尚你怎么这么不会说话？哪有你这样的，人家杨大爷对你这么好。"

"别废话，我现如今就问你，要死还是要活？"这会工夫，雷鸣、陈亮醒过来了，勉强睁眼，一眼看见和尚了，乐了。"师父，救命啊！"

"没事，别着急啊，死不了死不了，死不了啊，这疼吗？"

"疼，难受。"

"是一下全治好了还是留点根儿解闷啊？"

"师父，我不要解闷！要全治好了！"

"哦，那行，先治谁呀？"

雷鸣、陈亮互相看看，一指杨明："先治他。"杨明却说："先治他们哥俩。"

"别急，都有份啊！"和尚伸手在胸口搓，搓到最后，搓下一把泥，在手里团，团一大泥丸子。"谁先来？吃了就活！"

三人互相看看。和尚："别客气，谁也跑不了，那个，你，你先来吧，好不好？你是好人。""师父，我……""别，别客气啊。"

一招嘴，"啪"，扔到嘴里，一摁。

杨明差点儿没吐出来，愣咽，咽下去突然就觉得满嘴清香，紧跟着一下站起来。"哎呀，师父，我怎么觉得特别精神？"

"那，那，那是，我有日子没洗澡了。"

杨明深施一礼："谢谢师父，还有这两位贤弟。"

"你放心，但是，很难。""为什么？您不说都能救吗？""都搓干净了，没有了。""师父……这怎么办？""搓脚吧！"和尚把鞋脱了，在脚上搓，每只脚上搓下来一个大泥丸子。"来张嘴，快，快点儿。"

二人闭上眼，流着眼泪吃，吃完了，站起身，精神百倍。

"师父，现如今华云龙怎么办？""你往那儿追，快去！就在坡底下，你看他干吗呢？""哎！"

三人拽出兵刃，直接追向坡那边。没跑多远就瞧见了，华云龙在那儿站着，和一人面对面。

华云龙的身高就得一米八往上，对面这个比他高一头，有一米九，而且比他壮，肩膀也宽。这人是谁呢？他姓陆，叫陆通，浑拙闷愣，打小有点儿缺心眼，但是力大无穷，而且号称"飞毛腿"，跑得快。

陆通的父亲去世得早，他跟他妈过日子。开始老太太还能给人做个衣服，洗洗涮涮，干点活儿挣钱，岁数大了就病了。陆通那年十六七岁，一个闷愣的"傻"小子，正是能吃的时候。老太太说："儿，咱怎么办？娘也饿了。"

"吃饭。娘说吃什么，你想吃什么，我给你弄去。"

"罢了，养儿得济。我儿子十六七了，知道给娘弄饭。行，什么都行。"

陆通出去了，五分钟后拿着一张饼回来了。"娘，吃饼。"

"我的儿，这是哪儿来的？"

"我出门去，看见人家正吃饭，就把饼拿来了，拿来给我妈吃。"

老太太气坏了："明抢哪行，你不能这样。"

反正陆通每天在街上自己想办法，有时候有好心人来请他干活儿，说是晚上给点吃的。

当地有一个好心人，是个孝廉，姓吴，家里边是开粮店的。陆通没事老上他那去。傻小子别的不懂，粮食他懂，推门进来就拿粮食。

吴孝廉人很好，傻子很孝顺，他要就给，有成口袋的面就给他点，让他回去养活他妈。后来吴孝廉每个月固定给他拿钱和粮食，不为了他，只因为他老娘不容易。

后来陆通越来越大了。有人跟他说，你力气这么大，哪怕上山打猎也好呀。他也不会，人家给他找了一根大铁棍子，他拿着铁棍出去"打猎"。先奔卖烧鸡、卖烤鸭的地方，人家挂着鸡鸭，他去了要"打猎"。人家告诉他，你得上山，寻那豺狼虎豹，我们这儿都是炖熟的，不是你的猎物。

陆通这就进山了。山里边有猎户，一大帮猎户下网，围追堵截，把小动物聚在一块。人家那边追着，他在这边等着，一看进网了，他过去叮叮咣咣都打死，拿绳拴着。

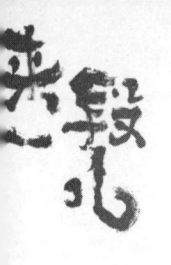

猎户们不干了，"我们埋伏五六天了，风餐露宿的也不回家，就为了下网逮这些东西。你怎么能弄走呢？"

陆通说了："你们跟我打，打得过就都是你们的。"

猎户说那得了，每个月给他点钱得了。他成了地痞流氓了。再后来有一天回家，老太太没了。他也不懂，问他妈怎么不吃饭。

"傻子！"邻居过来了，"别喊了，你妈死了。"

"什么叫死了？"

"死了就是不吃饭了，再搁两天这就臭了。"

"那怎么办？"

"你得弄口棺材给埋了。"

傻子听懂了，找棺材铺去了。掌柜的一看傻子来了，"干吗？"

"咱妈死了。"

"那是你妈，跟我没关系。"

"躺下不吃饭了，一会儿臭了。"

掌柜的念在傻子一片孝心，找了一个挺便宜的"狗碰头"送给他了。所谓"狗碰头"，就是木材质量不好的棺材，假如说有野狗过去拿脑袋撞棺材，撞三下能把棺材撞破了。街坊邻居帮着把老太太埋了。

家里就剩自己了，陆通更得意了。早先有老太太还有个在乎，老太太说他这里不对了那里不应该了。这回他算行了，解放天性了，想干吗就干吗，所有人都怕他。

街坊邻居里边有一个姓殷的，外号叫"阴到底"。听这名字你就知道这人有多坏。阴到底跟陆通说："傻子，你这样可不行。你的能力太大了，哪能就为了顿饭这么折腾？你奔常山县去吧，常山县有一个保镖的达官叫钻云燕子黄云，他能给你五百两银子。"

黄云是常山县当地保镖的达官，其实也是绿林道小头目。阴到底那意思是，把傻子支到那儿去，让他管人要五百两银子，那帮响马不得打死他吗？

傻子也不懂："好，常山县，我去。"他哪里认识路，拎着个大铁棍子，无论走到哪里，一把薅过路人的脖领子，问常山县怎么走。本来半天多的路程，傻子就这么着走了一年多，一路上打伤的人不计其数。

到最后，终于来到了黄云的家门口，"咣咣咣"一砸门。

"你是谁啊？"

"咱妈死了，不吃饭，臭了。"

"你是怎么回事？"

"他们让我来找你。你给五百两银子。"

"你进来。"绿林道的人也不怕他。"你都会什么？"

"会吃。"

"表演一个。"

包子、饺子、面条全拿出来了。好家伙，傻子这通吃。黄云爱看这个，"你还会什么？"

"还能吃。"

"不是，我问的是别的技术。"

"睡觉。"吃饱就睡，果真是个傻子。"你会练武术吗？"

大铁棍子举起来，咣咣咣跟着耍。黄云还挺爱他，"你这先住着。"在这儿住下后，黄云没事就调教他，不光是武术，还包括说话。

这样一晃过了两年左右，黄云这里确实不用人。而且眼瞅着有事儿，这里跑那里跑，带着个傻子不像话，就吩咐他找杨明去。"威震八方杨明是我大哥，你到他那儿去，他一定会对你好的。"就这样打发人送他去，要是不送他没两年到不了。

杨明一瞧，又高又壮又胖的大傻小子还挺可爱，进门就是"我会吃"。

杨明说："那就吃。"

包子、饺子、面条全拿出来，先表演一个。表演完了，杨明很喜欢，"好好，你就留在我这儿，我养你。""好，你养着我。""好，我让你看看娘来。""娘死了。""不，你那儿死了我这儿还有。"到后边把老太太请出来了。

"这是娘，哦，你没臭。""你赶紧给咱娘磕头。"

陆通咕咚跪下，"娘，您好，兄弟我叫……""这儿别叫兄弟，你得说孩儿。"

杨明刚才教他了。他问杨明,"我管你叫什么?""你是我兄弟。"所以他见了老太太也喊兄弟。

"孩儿我给您磕头了。"磕完头,杨明又把自己的儿子闺女叫出来了,让他们来见见叔叔。俩孩子一出来,傻子跪下来,"两位好,孩儿我磕头了。"

"不能这么说,你是叔。"

这么着,就把他留下了。在这里又调理了两年左右,陆通的脑子比原来清楚多了。他力大无穷,棍法出众,飞毛腿,而且特别地单纯善良。他缺一根筋,就听杨明的话,杨明说什么是什么。后来杨明说,"你也别老在家里边待着,你得上外边闯荡,要不然就真成傻子了。江西省有一个瓢把子,也是绿林道的,叫花面如来洪祥。他那儿缺伙计,都问了我好几次了。"

陆通在洪祥那里待了三年,三年之后他想杨明想得不行了,天天吃饱了就坐在屋里号啕痛哭。这可怎么弄呢?还得让他去见杨大哥。这才打洪祥那儿回来。没想到走到半路途中,他看见华云龙了。

华云龙他认识,是华云龙上凤凰岭学毒镖的时候认识的,"诶,云龙!"

华云龙看见他了,"哎哟嚯,你挺好的?"

"我挺好的。"

"那个……你这是干什么去?"

傻子说:"我看杨大哥去。你呢?"

"啊？我不看，我得走。"

"不行，你得跟我去，你不跟我去看杨大哥我就把你打死，扛着也得见。"这是个愣主儿。

"我看什么看？"华云龙心里可就犯了嘀咕了，心想这可怎么办？我跟他较不了劲，第一，飞毛腿，第二，力大无穷，第三，就听杨明的话。今天我把杨明打死了，他要知道是我干的，我是插翅难飞。

第10回

入道观济公擒贼
丢公文班头陷狱

> "左转红尘，右转佛门。
> 逢人不说人间事，便是人间无事人。"

陆通的思维很简单，我认识你，你认识我，你也认识杨大哥，所以你必须跟我去。他把铁棍举起来了："去不去？"

"是这样的，我说陆通啊，你见过一只鸟有两个脑袋吗？"

"什么鸟?"

"什么鸟都行,一只鸟,两个头。"

"在哪儿呢?"

"那儿。"华云龙随手一指,"那儿。"

傻子把棍子扔下,华云龙转头就跑。他看了半天,那边那几个人都追过来了。雷鸣、陈亮、杨明攥着刀过来:"别让他跑啦!"

到跟前了,傻子还在抬头看:"哦,飞哪儿去了?"

杨明到眼前,陆通叫了声"哎呀!哥哥呀!"然后他"咕噔"跪在那儿,"乓乓乓",磕三个响头。

杨明赶紧把他拉起来:"你这是瞧什么呢?"

"一只鸟,俩脑袋。"

"哪儿?"

"可能是你们一喊给喊没了。"

"哎哟,傻小子,真缺心眼儿!刚才跟你站一对脸儿的是华云龙?"

"啊,华云龙啊。"

"谁告诉你一只鸟俩脑袋?"

"华云龙啊。"

"华云龙刚才差点儿把我们仨给杀了。"

"啊！怎么回事？"

"咳，这小子作恶多端，我们规劝他，他不听，掏出毒镖，给我们仨一人一镖。兄弟，你晚来一步，咱们就见不了面了，你怎么能把他放了？"

"哎哟，不行，我找他去！"陆通抄起大铁棍子转身就跑，一眨眼就没影了。

三个人你看看我，我看看你，回头找和尚，和尚也没了。和尚那边把一头驴、一个大姑娘定住了，得去处理一下。他把康老头儿带到那边，把事情交代清楚了，康成也得到了报应，这事儿也算结了。

陈、雷、杨三人还在商量要不要等傻子回来，想来想去，想去想来："别等他了，咱们等他，咱们跟他的智力不是一样了吗？"

"那咱仨上哪儿去？这是哪儿？"

杨明看了看："咱往北吧，往北边有一个蓬莱观。蓬莱观的观主原来是咱绿林道的人。这人你们也认识，个儿不高，有个外号叫'矮脚真人'，姓孔，叫孔贵。"

矮脚真人一米出头，当年也是绿林道的，后来看破红尘，出家当老道了，在蓬莱观修行。他们三人没地方去，哪怕先去孔贵那里休息两天再去找华云龙也是好的。

"哦，那好，那咱们走吧。"哥仨往北去了。

几里路，没多远。到这儿一看，鸟语花香，小溪潺潺。顺着山路往上走，在半山腰上有一块被铲出来的平地，上面盖了一座道观。门口扫得很干净，站着两个小道童，正干活。

三人过来了："小童子啊。"

这两个道童一回头："哦,这个,三位是?"

"哎,不认识我了吗?我是你杨大爷。"

"哦,哎呀,恕我眼拙,您可有日子没来了。来来来,快请快请快请!"

让到屋里,沏上茶。"你们等一会儿啊,我找我师父去。"

"快去叫去!"

"哎。"

有五六分钟,外边有脚步声,帘儿一挑,进来了。一米多高的小老道,三撇儿黑胡,三十来岁,高挽牛心发纂,穿着道装,底下是水袜云鞋,手里拿着一蝇帚(拂尘),走进来了。

"哎呀,我没想到啊,三位哥哥贵足踏贱地,还能想上我这儿来串个门。"

哥仨站起来了:"哎哟哟!老孔,仙风道骨啊,真有个样儿!"

"快坐着,坐着坐着!"

都坐下了。"赶紧去洗水果。"

小孩出去,过一会儿端着水果、松子回来。山上没有别的可吃的,弄一肘子也不像话吧?

"三位怎么这么闲着呀?今儿上我这儿玩来了?"

雷鸣说："这个，这华云龙……"

杨明摁他，摇头。

"哦，他不让说。"他愣。

陈亮乐了："咳，大哥也没有别的意思。因为孔道兄也是咱们绿林道出身，也认识华云龙，所以也没什么能说不能说的。"

杨明叹了口气："老孔，也没什么不能说的。华云龙惹了祸，打西川路逃到临安城，这一路之上杀人、采花。尤其到了临安，乌竹庵黑夜之间，一刀连伤两命，又夜闯秦相府，盗走了白玉镯和珍珠凤冠。现如今我们在外头，跟他也有了点儿小冲突。他暗起不良，拿镖把我们都打了。为什么不跟您说，是因为好歹咱们都是绿林道的人，好多事情也说不清楚。怕你多想。当然不是想瞒着你啊，就因为咱们哥俩觉着没有必要。"

孔贵乐了："杨大哥，你是真厚道！不要紧的，这个事儿咱们有机会再细聊。既然来了，先吃饭吧，好不好？但是山上清苦，大鱼大肉的可没有，有豆腐，熬点粥，弄点小菜。我倒是有鸡蛋，给你们煮鸡蛋吃吧？"

"行行行，什么都成。"

"好嘞。童儿。"

两位童儿进来了："师父。"

"去熬粥，多抓点米，弄得稠稠糊糊的，把小菜都切一切，点点香油，干干净净的，鸡蛋多煮几个。你这三个大爷有日子没来了，快去快去！"

"哎。"两个童儿出去。

在山上，吃东西不容易，因为半山腰没水。庙里不是一天三顿，他们过午不食，这三位来的时候孔贵他们已经吃过饭了。两个童儿特意跑到山下，去山根那儿打山泉水，上来淘米做饭熬粥。几个人坐好了，小菜拌豆腐、鸡蛋、大碗粥端上来，筷子摆好了。刚端起来要吃，窗户外边，小道童喊上了："坏了，着火啦！"

山上怎么着火了？几个人全出去了。"哪儿了？哪儿了？"

"瞧那边，救火吧！"

几个人"喊扯咔嚓"弄水，把火扑灭了，回来往这儿一坐，看这碗，再看看对方。孔贵还挺热情："凉不凉，这粥再热热吧？"

杨明一吸鼻子："您闻，什么味道呀？"

"什么呀？"

"你真是跳出三界外，不在五行中了。脱离了绿林道之后，修身养性了。"

"不是，大哥，您什么意思？"

"你提鼻子闻闻，硫黄味。"

"硫黄味怎么了？"

"那火不是孩子们无意中点着的，这是有人故意放火。"

"哦，对对对。"

"这怎么办？"

"先吃，吃完再说。"

端起碗来刚要吃，屋里的一个小床底下"咕噜"一声。有点儿像人饿了之后，肚子里的"咕噜"声。"你养狗了吗？""没有啊。"

孔贵拿手一指床，那意思有人，而且是一个没吃饭的人。杨明一努嘴，雷鸣、陈亮站起来了。床上床单耷拉下来，拿手一掀这床单："出来！"

这人从里边出来了。

谁呀？乾坤盗鼠华忠华云龙。他从底下爬出来，臊眉耷眼的。

这几位把刀都抻出来了："你说吧，你怎么回事？"

孔贵也没想到："你怎么在这儿啊？"

刚才华云龙逃跑了，但是没多大会儿，傻子追来了。傻子的腿脚太利索了！他一通追，影影绰绰就瞧见华云龙了。华云龙心想："完了，也不知今天是几号，明年今天是我的周年。"

说时迟那时快，眼前有棵大树，华云龙心里乐了，陆通不会上树。"腾腾腾"，他上树了。

说话的工夫，陆通来了。"我问你。"

华云龙摽着这树："干吗？"

"鸟呢？"

"飞啦。"

"我管你飞不飞，你凭什么害我大哥？雷鸣、陈亮死了就死了吧，我大哥不能死！你给我下来，下来打一百棍子就完事儿。"大铁棍子那么顶，得有将近三米长。大铁棍子，好家伙！华云龙心想，一百棍子？哎呀，有一棍我就完了呀！"我不下去。"

"你给我下来！"

"不下去。"

陆通笨，上不了树。"那我打这树，把这树打躺下就得。"说着就拿大铁棍子夯树。

华云龙心想："不好，保不齐这一棍子夯上去，树一倒，他砸不死我，我摔也摔死了呀！这可怎么弄？"想到这儿，他灵机一动，把身上穿的氅脱下来了，掏出一只斤镖，裹在大氅里。"陆通，我能飞，你信吗？我能飞。"

陆通："啊？好啊，你飞，我看看吧。"

"我往那边飞，你盯着点儿啊，你上那边等我去，你看我落地在那边。"

"好。"

华云龙抓住氅往那边一扔。傻小子看见氅落地上了，过去一把就摁住了。"出来！出来！"

这边，华云龙下树了，转头就跑。

傻子摁住氅说道："你不出来闷死你啊？出来！哦，你还真会飞啊？"摁了一个钟头，撩这氅，他还慢慢撩，最后打开了，里边只有一只斤镖。陆通急了，心想："不行！我还得找。"

华云龙一琢磨，我在蓬莱观有朋友，矮脚真人孔贵，我上他那儿去，这就来了。到这儿，听见屋里说话，他借着窗户一瞧，屋里坐着几个人，心想："坏了！他们跑这儿来了，我怎么办？"

但是他想走没法走了，现在连个外套都没有。他跑到旮旯放把火，把这几个人调出来，然后进屋，钻到床底下了。他指望等他们走了再说，万没想到他饿了，听见外面几个人端起粥碗吃粥，条件反射，自己肚子里边也开始咕噜。

华云龙臊得都不行了，"咕噔"就跪下了："三位哥哥，我错了！杨大哥，我对不起您！哎呀，我不是个人！"磕头如捣蒜。

雷鸣、陈亮把刀都举起来了，孔贵拦着："别，别别别！几位，山门以外山下边，你们要是杀了他我没有话说。这是清静之地，我这个地方跳出五行了。我是出家人，你们不能在我这儿杀人，这是其一。其二，好歹我也是绿林道出身，你们在这儿把他杀了，传扬出去，好说不好听。好歹我在外边管华云龙叫声二哥，所以说你们给我个面子，出了这山门，爱怎么样就怎么样，在这儿不许拿刀动枪的。"

这话说得有道理，几位点点头。"得了，那行了。那你先坐吧。有什么事儿，咱出这门再说。"

华云龙坐下："我错了，我罪大恶极！你们该怎么罚我就怎么罚我，现在我饿得难受！你们那粥给我来一碗，行不行啊？"

孔贵回头喊:"孩子们。"

两个小道童进来了:"师父。"

"给你华二叔也熬点儿粥去,这是你华二叔。"

"这个是什么时候进来的呀?"

"那个,啊,是……"

"孩子问你什么时候进来的?"

"放完火我就进来了,好孩子,去给叔熬点儿粥去。"

"好的。以后您来别放火了,您知道打水有多麻烦吗?"

两个孩子又下山,又打水上来,给他熬粥。这粥端起来,华云龙要喝还没喝,有人砸门,"开门开门!我来啦!"

华云龙把碗放下了:"那我还上床底下吧。"

傻子追来了。傻小子恨疯了,气坏了,一定要找到华云龙!攥着自己的大铁杠子,一通跑,最后他都跑累了。天都黑了,傻子心想:"我上哪儿去呢?"

猛然间就在面前,有一个东西。不知道是什么,三尺多高,没有脑袋,没有腿,没有胳膊,看着像个人,又不是个人,黑乎乎的,被黑烟裹着,直接从那边刮着就奔他来了。黑烟里有声音:"呜!"

傻子能耐再大也是凡人:"哎哟!妈!这什么东西?"转头往回跑。"呜"又过来了。

"坏了坏了坏了！又来了又来了，又来了！你过来，我打你啊！"傻子将棍子扔过去，这一下把烟打散了，但棍子收回来它就合上，隐隐约约听见黑烟里有人笑。

傻子害怕了，这儿跑，那儿跑，跑来跑去就跑到了蓬莱观。

华云龙把碗放下了："我不喝了，先钻到床底下去得了。"

小道童打开门，傻子进来了。隔着窗户，杨明看见了。"快让他进来，进来！咱自己人，进来！"

陆通进来了，一进门乐了："哎！大哥，你在这儿呢，我给你磕头了。""咣咣咣"磕头，说："我好几年没看见你了。"

"刚才不见一回了吗？"

"哦，忘了忘了。"

杨明指着孔贵："这个你也叫叔吧，孔贵，孔叔。"

"哦。"陆通看着孔贵，孔贵看着他。

孔贵问："怎么啦？"

"你刚才是不是在外边追我来着？三尺来高，一股子黑烟围着。刚才是不是你追我来着？"

孔贵没听明白："啊？什么呀？我没有。"

"因为像你，尺寸差不多，就是你。哎呀，我饿了，我没吃饭，有什么吃的？"

孔贵说:"我们这儿没什么吃的,就是粥啊。"

"那熬粥。"

两个道童心想:"我们这一天得累坏了,净下山打水、上山熬粥了。"

陆通坐这儿,几个人接着吃,那儿还有一碗,是华云龙那碗,碗上放着筷子。"啼了秃噜",陆通两口就喝完了自己那碗粥,喝完看着华云龙那碗:"这碗我能喝吗?"

床底下搭茬:"别动!"说完他也后悔。

傻子乐了:"谁啊?"杨明也乐了:"那出来吧,出来吧。来,给你介绍一朋友。"

华云龙出来了:"这个,这位是……"

"别废话!鸟呢?"还没忘呢!傻子把棍子抄起来,"过来,打一百棍了事。"

杨明拦着:"听话。"

"不是……我……"

"你听话。"

"好。"他最听杨明的话,不管说什么都行。

陆通把棍子搁在边上:"嗯,你也在这儿了呢?刚才我还以为你飞了,一直摁着你那褂子,我不知道你飞哪儿去了。"说着,把华云龙这碗粥抄起来,"噌噌噌"喝了,把空碗搁在这儿。

华云龙看看这几位:"列位,我有个事儿想跟你们说。就算明天我出道观你们打死我,能不能再给我来碗粥喝?我实在是太饿!我这个命就是不能喝粥吗?真是的!那俩少爷。"

两个童子过来:"啊?"

"熬粥去。"

"哎哟,这好家伙!我们俩今天累死了!没别的,净上山下山了。"

又去了,打水回来,又熬粥。粥端上来,搁在这儿。华云龙拿着筷子:"几位大哥,哥哥,兄弟们,不管怎么说,死之前我落一个饱死鬼,这碗粥我是得喝呀。"他端起粥来要喝没喝,门外有人搭茬:"这屋里有人吗?"

华云龙把碗放下了:"你们打死我得了,好吗?你们几位我还有办法,和尚来了,这可怎么弄?"

是和尚吗?还真是和尚。

华云龙赶紧跑:"我呀,出去!我出去,你们这屋不是两个门吗?我打这边走,他来了,我就活不了了!他可不管这个,死在哪个屋都一样,我先出去。"

华云龙跑出去了,陆通跟着:"你上哪儿去?你是还要飞吗?你是给我找那鸟去吗?我得跟你去,我得跟你去。"

"好吧,走吧。"

二人出去,屋里剩雷鸣、陈亮、孔贵、杨明。这儿砸门:"快开门!

把门打开！他俩走了，我进去。过来开门，我得来。"

这些人唯独孔贵不认识和尚。

和尚进来了，指着孔贵："这，这，这你们养的狗啊？"

"观主，观主。"

"挺好玩儿的，观主。来，坐，你认识我吗？"

雷鸣、陈亮给介绍："孔爷，这可不是外人。秦丞相替僧，西天活佛，降龙尊者济癫，知道吗？"

"知道，知道，耳朵里都灌满了，太知道了。哎呀！我没想到，这老佛爷上我们这儿来了。这是活佛呀，太棒了！"孔贵满心的尊重，"那个，您这是，哪阵香风把您给吹来了？"

"别客气，叫孩子们熬粥吧。"

粥熬好了，摆上。和尚还问："有海参吗？"

"您多避屈，我们这儿没有海参。粗茶淡饭，不成敬意。"

"没事儿，来，老孔你也坐，坐下咱们聊天。"和尚坐在这儿，对面有一把椅子。孔贵太矮了，所以他不能像大家一样直接坐下。他在椅子上加了一个板凳。他得蹿到椅子上去，坐在板凳上，这才能正经吃饭，要不然够不着。

"这请，请。"和尚说。

一说请，孔贵深施一礼："谢罗汉爷！"转身蹿上凳子，坐好了。

"道长，贵姓啊？"

老道打上面下来了："小道贱姓孔。"

"坐坐坐。"

"哎，谢谢。"

"怎么称呼？"

"孔贵。"

"上上，上去。"

"哎。"

"属什么？"

"属狗的。"

"上去。"

"我站着吧，好吧？不够折腾的。"

屋里说着话，窗户外边有人听着。一个华云龙，一个是陆通。华云龙站在窗外，支棱耳朵听。"傻子。""啊？""过来，我跟你商量点儿事儿。窗户太高。你蹲下，我踩着你肩膀，你站起来，我透过窗户瞧瞧和尚长什么样子。"

此前，他一见和尚就跑，还没看清楚过和尚长什么样。

"哦，行。你先踩我，一会儿我再踩你，好不好？"

"你先来吧,我先踩你。"华云龙心想咱们就一回,你踩我,我可活不了。

踩在陆通背上,华云龙透过窗户,正看见和尚的后背,和尚面对着孔贵,背对着窗户,是这么一个位置。和尚坐在那儿手舞足蹈,正说话。华云龙这手奔镖囊去了,一伸手,掏出一只斤镖来,心想:"就是今天,我给你开了瓢,就省了大事儿了。""傻子往上来点儿,往上来点儿。""噌",这镖就飞出去了。

和尚和孔贵对脸坐着:"老孔,你服我不服啊?"

"哎呀,您是活佛呀,我服您啊!"

"你给我磕个头。"

"哦,我,好,我下去。"

"别别,你就坐那儿给我磕头。"

"坐着怎么磕?"

"你猫腰就行,我数一二三,咱俩一块儿猫腰。一、二、三,低头!"

镖正戳到孔贵的椅子背上,屋里全傻了!

"哎,这怎么回事?"

这还用说吗,这镖大伙儿都认识,尤其是杨明。镖是杨明教的。雷鸣、陈亮也挨过这镖,一瞧就全明白了。

和尚乐了:"傻子。"

窗户外陆通还问："是叫你吗？"

华云龙气不打一处来："傻子就是你，陆通。"

"哎。"陆通应了一声。

"攥着他那腿。"和尚道。

"哎，攥住了。"

屋里人都出来了，一瞧，华云龙摔在地上，傻子还攥着他的腿。

和尚瞧瞧："你说你这个玩意儿啊！离了害人活不了！"

这几人看着也直跺脚，心想："这个人不识好歹呀！再一再二，怎么能跟他来往呢？"

唯独孔贵，知道刚才要不是和尚，自己就完了，但是纠结了半天，还是说："活佛，能不能不在这儿动杀戒？"

和尚点点头："好，傻子。"

傻子回头："你才傻子呢！"

和尚拿他也没辙："行，那不重要。你把他扔到墙那边去。"

墙外是山涧，也许有山猫野兽的，也许摔得腿折胳膊断，但好歹是没动杀戒。

傻小子真听话，攥着腿一扔。"哎，真飞了啊！"

华云龙是死是活那是之后的事情。这几个人进屋坐好了，童儿进来问："还熬粥吗？我要睡觉去了。"

和尚乐了:"别别,不用熬粥,我吃不了你们这素饭。出家人吃素饭,还让人活吗?来来来,都过来。你们五个人啊,"五个人是指雷鸣、陈亮、矮脚真人孔贵、杨明、傻小子陆通,"我有个事儿要跟你们说一下。"

五个人看着他:"活佛您说。"

"一个月之内,你们五个人不能走出蓬莱观。这一个月之内,谁要是出去必死无疑!谁也救不了你们,你们记得住吗?"

这五个人你瞧我,我瞧你:"有这么严重吗?"

"那是你们的事儿,信就信,不信拉倒。"

"信,信信信!您放心,我们听您的话,我们五个人在这观里,一个月不出去。"

窗户外两个童儿哭得都不行了:要了命了!这五个人都不走,得熬多少粥啊?

几个人聊了会儿天,天光大亮,和尚站起来说:"我走了啊,你们五个在这儿吧。要死就出去,不死就在这儿待着,咱们后会有期。"

"好好好,送罗汉爷。"五个人送到山门这儿,没有一个往外走的,都怕死。

罗汉爷从山上下来之后,直接去龙游县。一进县城,就瞧前边有一队官兵押着俩人。这俩人是谁?正是跟着罗汉爷出来拿人的柴头和杜头。

这两人是从临安城来的,带着海捕文书下来办案,按理说是有身份的人。但是两人一路上受罪受大了。罗汉爷带着他们去办案，惹了祸他自己一跺脚就飞没了，剩下俩人跟着顶缸。吃了上顿没下顿，一天天累得跟孙子似的，两人想，不行咱们干脆死在这儿得了。

前面说到，和尚带着俩人要喝早茶，去馄饨摊不吃，包子铺不吃，炸油条都不吃，非得吃葱烧海参。大早上起来上一大盘子葱烧海参，先玩，搁俩海参在手里边豁楞，豁楞完了之后抹一身，他走了，剩下这两位。

这两位是一分钱也没有，坐在那儿看着海参发愣。到最后来了一个路过的差人。这差人之前在临安见过他们二人："这不是两位头吗？您二位在这儿干吗？"

"啊，这不是请客吃饭嘛，跟活佛高僧在这里畅谈法事。"

"活佛呢？"

"活佛可能圆寂了吧。"俩人气得没辙了。

差人觉得二人是京城的上差，得巴结巴结："得了，我把饭钱给您结了吧。"本来是客气两句，没想到二人一口答应了。

结了账之后，二人才出来，找地方先住店，回头再找和尚。他们找的客店在南门外。

一天晚上，两人喝着茶聊闲天："咱们得回去，在这儿待着不是个长久之计。再说咱们还背着海捕公文呢，万一公文丢了就不好了。"说着说着有些心虚，那就打开瞧瞧吧。解开包袱，海捕公文的一角有些磨损，赶紧捋一捋。这一捋，胳膊肘碰掉了桌上的茶水，

就把公文打湿了。公文上还盖着官府的大印呢，二人赶紧打开公文想着先放在桌上晾一会儿。

就这会儿的工夫，打外边门一开，和尚进来了："走，咱们吃海参去。"

"还吃什么海参哪。"

"你们俩留神。这东西搁这儿别丢了。"说完和尚就出去了。

不能放他走，两人赶紧追出来："哎哟，您可别走。"可是一出来和尚就没影儿了。再回屋一瞧，海捕公文也没了。

柴头、杜头傻了："要不咱们别回去了。咱俩人是上天无路，入地无门，有家难奔，有国难投，回去也没法交代。人犯没拿着，公文还丢了，而且出来这一趟，咱俩的名声在整个江南地区都不好听。各大饭店都认识咱俩，虽说没吃什么饭，但每回碰瓷吃饭都咱俩。咱俩或者死去，或者找个庙出家得了。"

正说着呢，就听着旁边那屋"咣当"一声，然后有人"哎哟"叫了一声。再支棱耳朵听，没动静。

这会儿天挺晚的了，二人想着有什么事明天再说，就去睡觉了。睡到天将亮，外边乱套了。"不得了，出人命了，脑袋瓜子掉地上啦。"原来旁边屋里死了一个大和尚。

伙计起得早，瞧见死尸吓坏了，赶紧报官。一会儿的工夫，县衙来人了，人人都有嫌疑，店里的挨个儿盘问吧。

问到柴头、杜头这里："你们俩哪儿来的？""我们打京城来的。""你们俩干吗去?""我们抓人犯。""有什么凭证?""没了。""昨天晚上听见什么动静没有?""听见那屋'咣当'一声,然后我们俩就睡觉了。""前言不搭后语的,锁上。"

从客店押着往外走,在十字街头碰见罗汉爷了。济公打蓬莱观出来,在这儿碰见他们了,一队公差押着柴头、杜头,和尚在那边上瞧着。

这边押解的班头说:"你们二位要是能干这个事,也不是一般人。我也不管你们是绿林好汉还是强盗响马,上堂去实话实说,别弄得大嘴巴,抽板子,啪啪一打,弄一身血,到最后还得招了,犯不上。英雄好汉敢作敢当,把实话一说,我们哥几个买点好酒好菜一伺候,咱们这事落一整脸,好不好?"

"别废话,到那儿再说吧。"

"你看你嘴还挺硬,敢杀不敢做。往这儿走,走走走。"

这儿说着,和尚在那边捂嘴嘀咕:"上堂之后什么都别说啊。我找人救你们,听见了没有?别把我也说出来。"

柴头、杜头看见他来了,恨得牙都咬碎了。

和尚低头假装不认识,低声道:"走你们的,别管我。不要紧的。记住,不能提我啊。"

这一对班头心说:你这是拿人当傻子呢,锁上。哗楞嘎嘣就给和尚锁上了。俩班头高兴坏了,这大案子要是破了,上司一定会有嘉奖。"和尚,你认识他们俩吗?"

"可能不认识。"

"你还玩这套是吧?哥俩,认识和尚吗?"

"自己人!是自己人!"

"不用喊,我知道你们是一伙儿的,看你刚才说话的状态我就知道了。和尚,人家哥俩都说认识你,你不认吗?"

"这俩没有出息的玩意,不是说好了不供出我来吗?"

"不重要,你上了堂见了老爷什么都得说。回头好酒好肉有什么事儿我们都能帮你,但你也得给我们作脸啊。我问你,咱们这儿东门外老叶家找一个老道念经捉妖,念到半截脑袋没了,这事是谁干的?"

和尚把脸捂上了。

"行,你是英雄。西门外,钱家的钱铺,杀人那个?"

和尚又捂了捂脸。

"你真是英雄。还有昨晚这和尚……"

"还差这一个吗?"

"罢了,上堂也这么说吗?"

"到哪儿都这么说,见如来佛我也这么说。"

"这是英雄啊。好好好,我跟你认识得太晚了,这是值得交的一个好哥们儿。"押解的班头拿话这么委和着他。

和尚这儿:"但是我饿了,我吃饱了上堂,问什么说什么。要是吃得不好我可不干,上堂之后就胡说。"

"来都来了,能不吃吗?你想吃什么?咱们走。"

柴头、杜头就知道活佛要碰瓷,抢答道:"海参!"

"哦,海参可以啊,龙肝凤髓我们也请你吃,抓紧走吧。"

到前面十字路口有一间大酒楼,一对班头押解着三位进来了。伙计一瞧,是地方上的头儿:"哟,两位……"

"别废话,快点把大桌子擦干净了,三位是我的朋友。快来,三位英雄吃什么来着?"

柴头、杜头:"海参哪,不是和你说了吗?"

"海参。好,来来来。"

好家伙,海参、鸡鸭鱼肉、烧黄二酒,上等酒席一桌,好东西摆得满满登登这么一桌子。和尚高兴了,连吃带玩弄一身。都吃完了,擦擦嘴,一摊手,那意思是没钱。

两位班头说:"伙计,记我账上。咱们走。您可想好了,待会儿上堂去见了大老爷,刚才怎么说的还怎么说。"

"是,刚才怎么说的?"

"老道作法,然后脑袋没了。"

"不是……那跟我有什么关系?"

"那你刚才捂脸干什么？"

"我那是害怕。我刚才害怕。"

"钱铺杀人？"

"更害怕。"

"昨天晚上和尚死了那个事，你不是应承了吗？"

"头两件事都害怕，还差这一件吗？"

俩头儿直抖搂手，坏了，久在江边站没有不湿鞋的，打官司净是吃了原告吃被告，万没想到让这个和尚把我们给讹了。再瞧柴头、杜头乐得都不行了："太好了，你们的报应来了。"

来到县衙门这儿了，班头把三位先搁在班房，然后往里边通禀。

县太爷姓吴，为官清正，老百姓还真挺喜欢他。之前来了几任县太爷都不是很好，这位对百姓倒是爱民如子。这些日子连着出了几档杀人的案件，吴大人心里边挺犯愁的。这会儿工夫，差人进来了："跟大人您回，昨夜晚间杨家老店有一和尚被人一刀毙命，拿获人犯三名。"

"好，即刻升堂！"随着一声"即刻升堂"，快壮皂三班衙役排班肃列，吴大老爷换上了纱帽红袍，转屏风入座，一拍桌子："来，带人犯！"就听底下稀里哗啦。因为是重刑犯，脖锁、手铐、脚镣三大件是齐的。

三人都上来了。柴头、杜头见了老爷撩衣裳就跪在那儿了，和尚站在那儿玩手里的链子。大老爷一瞧，这人怎么这么放松。"嘿，和尚。昨晚人命案与你可有瓜葛？从实讲来，若有冤枉，老爷我一定为你洗清。"官是好官，上来先问冤不冤。

"老爷。"衙役在一旁提醒。

"什么事儿？"

"昨晚杀人。"

"哎哟，杀人吓死我了，我可害怕，我不行……"活佛伸手摘链子。本来是锁着的，他这一摘像没锁一样。满堂衙役都看愣了，老爷都站起来了。"哎，你！"

"跟我没什么关系，一直是柴头、杜头。他俩是杀人犯，我走了。"

第11回

龙游县助破疑案
十字街戏耍凶徒

> "金山竹影几千秋，云锁高峰水自流。
> 万里长江飘玉带，一轮银月滚金球。
> 远自湖北三千里，近到江南十六州。
> 美景一时观不透，天缘有分画中游。"

罗汉爷那是古西天如来架下弟子，降龙尊者。他把链子脚镣喊喀嚓全摘了："不打这官司，我走。"

"别别别,你别走。"大老爷为官不错。要是别的老爷一上堂来要喊堂威,吴大老爷连堂威都不要,怕吓着打官司的人。"有话咱们好说。不管怎么说,上得堂来见老爷,你怎么都不行礼?"

和尚乐了:"老爷为官,官宦自有官宦贵,僧家也有僧家尊。"

老爷点点头:"我问你,你来自哪里,在什么庙修行?"

"我来自杭州灵隐寺,我叫济癫。"

一说完这个,大老爷愣了,人的名树的影,民间都知道济癫是降龙罗汉降世临凡。这和尚不是一般的和尚,神通广大,并且是秦丞相的替僧,耳朵里都灌满了。

老爷想象中的济癫身高丈二、法相庄严,一瞧眼前这位不像啊,头发二寸多长,都立着,一脸的滋泥,一嘴牙是驼色的,身上脖子上净是泥,衣服也是破衣烂衫,往这儿一站斜个肩膀冲着大人乐,一边乐一边流哈喇子。

大人心想:这是罗汉吗?不由得问道:"你是济癫吗?"

"我是……"这位说话都不利索。

又一看,旁边还锁着两人:"你们俩是……"

两人跪那儿了:"下役给大人叩头。"

"罢了,你两人来自哪里?"

"跟大人您回,我们来自临安,奉了秦丞相海捕公文,跟随圣僧行走天下,捉拿采花淫贼华云龙。"

"既然如此，你二人可有海捕公文？"

两人往上叩头："启禀大人，丢了。"

大人一瞧，心想这是一个诈骗团伙啊，圣僧身上这味我离这么远就闻到了，馊不馊，臭不臭，腥不腥，怎么好像葱烧海参那个味儿？这和尚像偷吃葱烧海参的。剩下的两人自称身背海捕公文，那是如同命一般的，不能丢。这三人在骗我。抄手问事，量尔不招！"来啊，扯下去，打！"说着，把手里边的签子抄起来了。这东西往下一扔，旁边就得接过来，就必须打。

话音刚落，旁边有人喊："大人，板下留屁股！"

老爷乐了："谁？"

一看打堂下来了这一位，三班六房的总头，叫尹士恒。尹士恒上来了："给大人行礼。"

"罢了，尹士恒，为什么阻挠老爷打他？"

"老爷，你别动手，真是圣僧。"

尹士恒是从临安城调来的。他的老家在龙游县，之前一直在临安，后来因为父母年迈，就请求调回老家，好照顾父母双亲。他在临安的时候多次见过圣僧。今天在班房聊天，听人说拿住圣僧了。他说我得看看，别人不认识，别怠慢了。正听老爷说打，往上来看后影儿，而且提鼻子一闻，就是圣僧的味儿，赶紧前来制止老爷。

大老爷也乐了："此人乃是何人也？"

尹士恒往上叩头："启禀大人，不错，他就是杭州灵隐寺圣僧济癫长老。"

老爷愣了，站起来了："圣僧为何乔装改扮如此形容？"

和尚乐了："一直这样，这就是我。"

"那赶紧松刑，都松刑。"

差人过来稀里哗啦把链子脚镣全给摘了。

"快看座！"大老爷也不知说什么好，"这个……海捕公文怎么会丢了呢？"

柴头、杜头就把那天晚上在客店里边发生了些什么都说了。

大老爷说："现如今，地面不安静。连着有这么三起人命案。一个是前些日子我们这儿有一老道捉怪，掐诀念咒还没念完，妖精也没来，他的脑袋没了，咱也不知道是什么原因。还有就是钱铺门口死了一个人，一刀致命，到现在不知道是怎么回事。再加上昨天晚上客里边来了一个大和尚，被人切了脑袋。本县刚来时间不长，出了三条人命案。如果不能断破的话，上司必定怪罪下来。圣僧你有何高见？"

和尚乐了："拿笔拿纸，我给你写个条。我告诉你这三条人命怎么回事。"

"好好好，多谢圣僧。"这就拿纸拿笔。

拿过来，和尚把纸撕成了小条，拿着笔写了几个小字，写完叠好了，抹上唾沫，比胶水还黏。"来，大人，你拿着它。你明天上店里边验验尸去，验完之后你坐轿子走，轿子停在哪儿你就下来，

下来之后你打开看，就知道这三个案子怎么破了。我把这三个案子给你结了。早看不灵，晚看就耽误了，知道吧？记得住吗？"

"记得住，多谢圣僧。"

"行行行，来，尹士恒，你上这儿来。"

"圣僧。"

"你在这儿啦？"

"圣僧，我调这儿来了，老家在这儿，伺候父母也方便点儿。"

"行，挺好。让我们这俩班头在你们这儿先歇一歇。尹士恒你跟我断案子，断你们这儿的三起人命案。"

吴大老爷说："可以啊，柴头、杜头二位现在也没有海捕公文了，也没法办案，你们就在这儿稍事歇息。让尹士恒带上另一班头杨国栋一块帮着圣僧，也算有个帮手。"

简而言之，次日天亮，柴头、杜头留在这儿了，尹士恒、杨国栋陪着和尚前去办案。三人打衙门出来，和尚在当间，两班头一边一个往前走，"圣僧，咱们上哪儿办案去？"

"咱们去这地儿叫五里碑。"

"五里碑，好，我们记住了。那么咱们是快点还是慢点？"

"快点，早去早踏实，咱跑起来。"

"好，好，您行吗？您这鞋也不跟脚。"

"没事，走。"说了声"走"，和尚往前就飞，这俩在后边怎么也追不上了,往前走一拐弯,和尚就没了。俩人一瞧:"这可怎么弄?三个人一块去,现在他没了。不成,咱们还是得奔五里碑去。也许人家跑得快,有什么事到五里碑跟他碰了面再说。"

俩班头奔五里碑去了,这一走,和尚打胡同里面出来了。他刚才在一个旮旯里躲着,一瞧俩人出去了,他起来了:"这俩笨蛋!"

他拐出来没多远,这边有一家小酒馆,孙家酒馆。掌柜的正端着茶杯站在门口喝茶。这会儿工夫,记账的先生把账本拿来了:"掌柜的,您看看,这是刚给您拢的账。"

"还行,把笔给我吧。"有的他得做个记号,有的是记账,有的是不要了。手里拿着笔和账本,账房先生就把茶接过去了。正看着账本,和尚过来了:"孙掌柜贵姓?"

"您这不玩笑了吗?都喊出孙掌柜来了。我姓孙,怎么了?"

"县衙门三班六房班头杨国栋你认识吧?"

"我们是把兄弟呀。"

"他媳妇死了。"

"哎哟!"这一惊,把账勾了。"哎呀呀,是吗?这是怎么回事?"

"杨国栋的媳妇一直有病,死了。我给你送个信儿。我们庙里边接的这场法事,我们给发送、做法事、念经,挺热闹,你也得去。"

"我得去,得去。这是没影的事嘛,好好的人怎么就没了?"掌柜的还挺难过,"给定一桌子饽饽,然后扯块蓝布,写上驾返瑶池,准备点应用之物,弄齐了给人送家去。"

那么说人家死了吗？没死。瞪眼说瞎话。杨国栋不是跟着尹士恒奔五里碑去了吗？和尚跑到这里给人家报假丧。掌柜的当真事儿听，忙着准备东西。

扭回头来，和尚往十字街走去。在十字街上站住了，左看看右看看，正对着门是两家饭店，一边写的是"二龙居"，另一边写的是"一龙居"。今天二龙居里面人都坐满了，喝酒的、吃饭的、请客的，热闹极了。一龙居里边一个人都没有，掌柜的趴在柜台上，伙计坐在门口冲盹儿。和尚一撩衣裳奔这屋来了。

这屋也没人站在门口看着。掌柜的看看他"干吗呀？""这是饭馆吗？""就算是吧，干吗？"和尚进来了，拉凳子坐着："生意兴隆啊，买卖不错，财源广进，日进斗金。"

掌柜看看他，"滚！你瞧这屋里这样，这不是在骂闲街吗？你成心气我是不是？"

"不是，都是开饭馆，你看人家那买卖干得多好，你们这屋要说卖棺材的也有人信。怎么生意做成这样？"

一听这话掌柜眼泪都快下来了："咳！早先这买卖是我爸爸干的，火得都不行，也没有对过这家。没有说我们这儿不好的，这一趟街吃喝红白喜事都在我们这儿包桌。后来我爸爸没有了，我就接过这摊来。可能是我年轻，做买卖有问题，我们这儿厨子就跑到对过去了。他是我爸爸的徒弟，还是我爸爸干儿子，他跑到对过干了一摊，一下子就火了，我们这里就不灵了。如今后厨也没钱进货。刚才我看了看，后厨还有几斤米几斤面，还有这么一只鸡二十来个鸡蛋。我们这儿连酒都没有了，酒坛子都空的。我早晨一起来就坐在这儿睡觉，睡到天黑回屋再睡觉，眼瞅着这买卖就快完了，哪天我死在这儿就算拉倒了。"

"那是挺惨的,你想不想好?"

"想啊。"

"那你想吧。"

"我但凡有点心气儿我就弄死你。咱们远日无冤近日无仇,你上这儿来坐着,我也是爱搭理你。但凡有一个买炒鸡蛋的我也不理你,你说的那都是人话吗?"

"不是,你要是真想好,我帮助你。"

"好啊,现在谁出主意我都爱听。我们反正要死要活的,这都无所谓。你要能帮好了,你说什么我都照办。"

"酒坛子还有酒吗?"

"没有了,哪有酒?没钱买酒。"

"你后院有井没有?"

"有井。"

"你往那酒坛子灌点井水。"

"干吗呀?"

"你要听我的你就听。灌满井水,有来喝酒的,你就给他盛那水,我有办法让他喝了开心。"

"可以,可以。反正待着也是待着。"

"然后一会儿，你们两人跟真事似的，前后那么忙活着。伙计一会儿也别睡了，我喊什么你们跟着喊，就如同咱这屋里多热闹一样。"

"行，咱仨就做游戏是吧？伙计，伙计，醒醒。"

伙计也没睡踏实，刚才说话都听见了。其实这伙计还挺有心气儿，早上起来还跟掌柜的说，但凡能借出点钱来把货上齐了，请个好厨子来，咱们也得把买卖干火了，但是真没辙。

这边刚说完，来了一个和尚，说我愿意帮助你俩。两人精神振奋，"去打水，去，快去把酒坛子弄满了！""好嘞！"一拉溜，四五个大酒坛子呢，连掌柜的带伙计奔后院，接凉水往酒缸里边灌，一会儿满满登登都灌好了。

"伙计，那个小铲，在锅里豁楞，喊！快去，就这么喊就行了。"

伙计就喊："好，又炒好一个菜！再炒两个菜！"

"掌柜的你也别闲着，你也喊。"

"哦，好，算账，这是三万六千两。"

对过的人听见了，说道："那屋穷疯了。谁花三万六千两？这是抢了国库了。"

和尚也跟着喊："点菜，快点。要葱烧海参，快来一肘子。"

"来了！"

"再来四个肘子。"

"八千七百两！"

三人一喊一闹腾，正好门口有一人路过，是这跟前开买卖的赵掌柜。他打门口正走着，突然间站住了，心想："这么好的天气，我为什么不吃个饭呢？"转身就进来了，往这儿一坐，"上等酒席一桌。"

"来啦！"后边没东西，就摆四个碟子，墩上一壶水，"请！"

"好好好，哎呀，太丰盛了，这就吃。"别看没有东西，赵掌柜的筷子在这盘子里边杵得叮当乱响，端起杯子就喝水，一边喝一边咂嘴，"要是这么好的酒，我早就来了。"

和尚坐在一边看着他，连掌柜的带伙计都傻了，这主儿没喝过水。

大门口过来一个，托着个碗。家里边做饭，让他出去买一个钱的香油，一个钱的盐，用碗托着往家走。走到门口，他心想："哎呀，我饿了，我先吃饭，然后回家做饭。"进来了，往这儿一坐，打怀里先掏了一把碎银子："来壶酒。"

要就给呗，伙计给上了壶水。这主儿倒了一杯："度数怎么又高了？"伙计心想这是没喝过凉水。

门口又过来一个，托着个碗，碗里有一块豆腐。家里头让他买豆腐，买完豆腐打这儿过，一激灵也进来了。"喂，来两壶酒。"两壶酒墩在桌上了，这位一愣："我一个人干吗要两壶酒？怎么办呢？"旁边伙计过来了："跟这位坐一桌，把你那豆腐搁在他的碗里头，他那又有香油又有盐，一拌，您二位一起吃。"

两人坐在一块，就着拌豆腐吃着喝着。一会儿的工夫，又进来

一个，拿着烧鸡、酱肉，进门往桌上一放："来四壶酒，再来六个菜，赶紧给我弄齐了。"盘子、碗都摆上后，他坐着说："老兄弟，你喝着。老三，你来。四兄弟，你怎么了？还不赶紧喝着。"

伙计愣了，这是不是闹鬼了？明明一个人坐着，怎么还招呼好几个？一问才知道，今天是他们把兄弟大聚会，哥们几个一块聚会喝酒。这人说去买只烧鸡买点酱肉。本来那几个人都在对过酒店坐着，他拿着烧鸡回来进了这屋了，突然间明白过来，就跑到那家店把兄弟们都叫过来了。

一会儿的工夫，这屋满了，楼上楼下吃着喝着，高高兴兴，人声鼎沸。掌柜的乐得鼻涕泡都快出来了，出来进去地冲着和尚一个劲儿地作揖。"您是活佛！"

这会儿，打外边又进来两人。这俩一瞧就不像善茬儿。头里走的这位，青虚虚一张脸，粗眉毛大眼珠子，胡子长得不好，稀不愣登，小薄片子嘴。后面那位脸色发灰，大黑眼圈，而且走道来回偷眼看人。眼为心中之苗，您跟谁来往，看眼神最起码先能断个八九不离十，就怕这偷眼看人的，他亏着心呢。你无论跟谁说话，他敢跟您正面这么聊着，这人没大毛病。

这两人一进来，大伙儿都认识，是这地面上俩地痞，头里走的叫张福，后边跟叫李禄。张福有个外号叫抓天鹞子，李禄的外号叫过街老鼠。

两人进来后，拿着一只烧鸡找桌子一坐，又管伙计要了两壶酒，窃窃私语聊着天。他们的桌子斜着过去两张桌子就是济公。罗汉爷坐在那儿端着一个碗，喝两口，瞧瞧这两人，把碗撂下了。"天底下就没有好人啊！你说你两口子挺好，是吧？大老爷们儿娶个媳妇儿，你媳妇还挺俊，非得跟我和尚相好。这庙里边二十亩稻田，多少香火钱我都填乎你媳妇了，后来你不让我上家去了，你说你这是个什么人哪！我告诉你，你好不了！"

张福、李禄本来吃着喝着，听了和尚的话，就悄悄对上了："你媳妇跟和尚了？""你媳妇才跟和尚，你自个儿琢磨。""没有，我媳妇跟了老道了。他说的是你媳妇。""不能啊，我媳妇跟的那个和尚跑了啊，不是这人。"

街坊邻居认识这两人，他俩品行不端，但是家里还真是都有媳妇。二人无论是在外边跟谁交往，一看有点钱就往家带人，到家之后让自个媳妇跟人家喝酒聊天，找机会自个就出去了，特意让媳妇跟人家好，然后今天要个镯子，明天要个戒指。到最后钱花干净了，一瞪眼一翻脸，给人赶出去。两人干这种事干得很多，但是眼前这和尚，两人真不知是谁。

"你再想想，是不是上你家去过？"

"不能。他太脏了，上我家去这味儿也受不了，是不是？"

"是不是来的时候挺干净，后来落魄了呢？"

"不能啊。"

和尚插嘴道："别废话了，我说的就是你们。我可了解你俩了，最不是玩意儿。"越说声音越大，越说越真，满屋喝酒的都回头看。就有那好事的问："哎，说谁呢？"他俩吃饭的桌子在屋里边正当间，周围所有人都开始指指点点。泥人儿还有个土性呢，何况这俩是地痞流氓，脸上挂不住了，指着和尚问："你这么些废话说谁呢？"

和尚站起来，走过来了："说谁谁知道，反正就坐在这桌子这儿了。"

"别废话，你说明白了。这一屋子人这都是街坊四邻的，低头不见抬头见，有个认识不认识的。你就别废话，你说我们俩谁媳妇偷和尚？"

和尚说："挺白的。"

"哎，你媳妇吧。你媳妇比我媳妇白。"

"别废话，你媳妇也挺白，我瞧见过。"

"你这叫什么话？"

和尚乐得不行了："我都怪臊得慌的，我怎么能干这种事情呢？"众人都乐了，这俩人脸上挂不住了，揽着和尚的衣裳往外走。把和尚拽到门口，人越聚越多。

"你说吧，到底是谁媳妇？说清楚还算罢了，说不清楚今儿个打死你。"李禄一伸手，拉着和尚的脖领子说，"你说！"

"我不说，你打死我我也不说！"

"好，那我就打死你。"李禄这一拳正打在和尚胸口这儿。和尚往后就躺，用脑袋找地，"砰"一声，"哎呀，我死了。"

张福过来了，拿手拨了拨这脑袋，一摸脑袋后面有一个大窟窿，张福弄一手血。"老李，你把他给打死了。"

"不是摔死的吗？"

正说着，听那边锣声响亮，是县太爷吴大人验尸回来打此经过。

早晨天一亮，吴老爷就验尸去了。到那儿有仵作跟着，尸体多长多宽，怎么个死法，当时是什么环境，伤口是什么样子，都写完了，填完了尸单。老爷看完了，吩咐要回县衙，坐着轿子往回走，就见十字路口这前面乱套了。

有人跟大老爷说："老爷，轿子走不了了，前边死人了。"

吴老爷拿脚踩着轿底，一打杵，轿子停下来。大老爷往外一走，这地方有差人："跟太爷您回，刚才酒楼门前有人斗殴，打死一个和尚。"

"好。"要往前走还没走，县太爷突然想起来，昨天公堂之上活佛给我写了个条，告诉我验尸回来轿子只要停下，就把那条掏出来，这几个命案都能看明白了。吴老爷掏出纸条一看，上面写得很简单，"贫僧今日必死，死尸莫离寸地。""死的什么人？"老爷问。

"昨儿上咱们那儿去的活佛让人打死了。"

"好，好。"吴老爷把纸条揣起来，"头前带路！"

上得前去，差人们已经把张福、李禄搂住了。地上躺着活佛济公，对着眼，后脑勺直往外渗血。

吴老爷不由得赞叹，跟条上写得分毫不差。他吩咐："先找个芦席把死尸盖上，谁也不许动。死尸不可离开寸地，谁也不许动。"

"好好。"有人拿席子来盖好了。

"谁打死的？"

地方说："这两人。"

"你们俩，叫什么？"

"我叫张福。""我叫李禄。"

"谁打死的？为什么要跟和尚有争执？"

李禄一指："他叫张福，是他打死的。"李禄这就亏了心了，明明是他打了一拳人家才摔在地上死了，张福没动手。

"谁能作证？"

"老爷，他手上有血！"这人真是损透了，张福只是过去看，见和尚后脑勺有一个大窟窿，血是摸他的时候沾上的。

"好，"老爷回头，"张福，人是你打死的吗？你手上有血，还敢狡辩吗？"

张福一跺脚："老爷，行，就算是我打死的，但是钱铺门前死的那个，是他杀的。"

交朋友分很多种，就数这种朋友一分钱都不值，吃吃喝喝有他，真有点什么事都把自己撇得干干净净。

老爷开心了，你瞧瞧，三个案子先破一个。"死的那位叫什么？"

"跟老爷您回，那叫刘二混子。"

是李禄杀的吗？是。刘二混子，一听这名儿就不是一个什么正经的人。刘二混子家里面有个叔叔，挺有钱，一天叔叔和他说："二混子，你来。你这老大不小的，娶媳妇了吗？""没有，光棍。""干点正经事由了吗？""也没有。""你爸你妈都没了，我是你亲叔叔，我得管你。孩子，你得干点正事，我这有三百两银子。你拿走，去做生意，不够再来拿。"

这事儿让李禄知道了，说："我们得帮他花钱，要不然他一个人负担太大了。我们俩也帮不上，让媳妇来吧。"就这么着，李禄媳妇把刘二混子带到家里边。但是三百两银子也不经花，花完之后就赶人走，过去用的也是这种方法。

二混子不是一般人："好家伙，金山银山都花你们家了，让我走？门都没有！打今儿起就住你们家，你们吃饭我吃饭，冷了就穿你家衣裳，咱就一块过日子。"

十天八天还能忍，一晃两个多月，李禄挺生气，一个是弄这么一个货天天养着，再一个是这货不出手下批货进不来，再看见其他有钱的小白脸就不能往家里带了。李禄找来张福，把事情一说。

张福出主意："那不行，你想想，你不狠不行，看来得弄死他。"

这么着，把他叫过来。三人喝酒，一杯一盏，给这混子灌多了。灌完之后，张福背着他往外走，夜深人静，走着走着就走到钱铺门口了。张福、李禄没事老上这儿换钱，净跟这儿闹别扭，老说人家给的银子成色不好了，银子不够了，老憋着诈骗。人家掌柜的骂过他们俩。

"得了，今儿这人就死他门口吧，让他打这无头官司。"把这喝得烂醉如泥的人卸下来，搁在地上，李禄一刀就把他杀了。

这就是三个命案其中之一。老爷很开心，吩咐人将这二人的口供记下来，让他们画押，这俩算完了。两条人命，照他俩人的所作所为，死几回也是应该的。有人把他们带回去，这个案子就算破了。

大人又回头看看席子，席子底下躺着圣僧，心说圣僧您真聪明，您告诉我到这儿就能破案，现在这已经破了一个，可是您在这儿躺着我怎么办呢？死尸不离寸地，不能老待这儿啊。随之叫了声"地方"。

地方过来了："老爷，什么事儿？"

"你撩开席子看看怎么样了？"

地方一撩席子，马上盖回去了："老爷，他冲我乐。"

老爷一激灵："你是不是把后脑勺那窟窿当成嘴了？血盆大口冲你乐？"

"没有，他就是正脸冲我乐。"

"不能，我也瞧瞧。"老爷过来了，"撩开撩开。"这一撩开，和尚坐起来了："躺了会儿，躺了会儿，休息一会儿，我得干点正事去。"一转身站起来，往南门就跑。

这一帮人都愣了："老爷，死尸跑了，该怎么办？"

"那能怎么办？"

"不是，这席子还留着吗？"

"留着，万一跑累了回来歇会儿呢？留一个人在这儿盯着席子就行了，来，顺轿回府。"老爷带着人犯先回府，这里按下待表。

罗汉爷直接奔南门，到南门站着不动，等着。等了十来分钟，来了一人，个不高，也就一米左右，和矮脚真人孔贵差不多。他穿着一身紫衣裳，拧着眉，瞪着眼，面带凶气，看着就不好惹。这人走进南门，左右看看，一街两巷做买做卖的。和尚凑到他跟前去，自言自语："这地儿叫龙游县，我可是听说了，这儿跟别处都不一样，这儿的规矩可大，要不守规矩，得让人笑话死。"

小矮子回头看了看和尚。自己没到过龙游县，一处不到一处迷，得入乡随俗，和尚说得有道理。和尚往前走，走得很慢，小矮子后边跟着，一边走一边听他说话。和尚念叨："这个地儿啊，规矩太大了，说话有说话的规矩，喝酒有喝酒的规矩，吃饭有吃饭的规矩，要是不守规矩，得让人笑话死。而且要是笑话你，那骂街骂得可难听了，我得吃饭去，可别忘了守规矩。"

后边这主儿一听，心想："吃饭都有规矩，我得跟着他走，看看有什么规矩，我别露怯，让人笑话。"

往前一拐弯，有一家小饭馆，和尚就进去了，这人也跟进去了。

伙计赶紧迎："哟嚯！二位，一起的吗？"

"没有，一个人。"

"那来，您坐，这位爷，坐这儿。"两张桌子挨着。

伙计拿代手（抹布）擦桌子："吃点什么，您？炒菜也有，酒也有，什么都有，您看看？"

和尚站起来了，拿脚踩着这个椅子掌，拍桌子："孙子，点菜！"

伙计一瞧："什么？啊？什么？"

"孙子，点菜！"

话音刚落，小矮子站起来了："孙子，点菜！"心想这个地方怎么有这规矩？在别处吃饭我不能这样。

"孙子，点菜。"他说了两遍。

伙计不知他们干什么，心想别拾茬儿了，赶紧应："哎，好好好。"

小矮子心想："哦，就是这个规矩。"

和尚说："要一壶酒，要一个两边有皮，当间有馅儿的。"

小矮子心里一动："两边有皮，当间有馅的，不是馅饼吗？为什么这个地方说得这么麻烦？来一馅饼不就得了吗？非得来一个两边有皮当间有馅的。规矩！"

"来一壶酒，来一个两边有皮，当间有馅的。"小矮子跟着说。

伙计一转身，心想："这是俩傻子。"

一会儿工夫，一张桌子上一壶酒，上了碟，每碟里搁一热馅饼。

和尚拿筷子夹馅饼，扔起来了，张嘴接着，"啪"，整个馅饼掉嘴里了。

小矮子心想："这地儿吃饭真麻烦。刚出锅的油煎热馅饼，整个贴脸上。"

和尚："赶紧吃，别让人笑话，这一骂，骂祖宗十八代。"小矮子赶紧把饼拿起来，搁在嘴里，心想："烫啊，和尚怎么吃的？我这个怎么这么烫呢！"

他嚼着，和尚在那儿喊："再来一个，再来一个，两边有皮，当间有馅。"连要了十个馅饼，和尚吃得挺饱，小矮子这脸都快烫煳了，就没有一次扔得准！

到最后，和尚擦擦嘴，酒足饭饱。小矮子擦擦脸："烫死我了！"

十个馅饼有十个盘子，和尚把十个盘子摞起来，搁在手里："去你的！""啪"往地上一扔。

小矮子心想："这是什么规矩？吃饭真麻烦。""去你的！"他也照样做了。

伙计过来了："关门，谁也别走，没有你们这样的，我招你惹你俩了？你们这是干吗？"

和尚站起来了："怎么了？我吃饭！"

"是，您吃饭，摔家伙干吗？"

"我不是冲你，他骂我！"和尚拿手指矮子，"他骂我！"

小矮子傻了："师父，我怎么你了，我骂你了？我我我！"

"你别废话，你不守规矩！"

"我还要怎么守规矩？我都快烫死了，你怎么着我怎么着！跟你一模一样，凭什么我就不守规矩了？"

"你怎么跟我一模一样了？我都扔嘴里，你都扔脸上了。"

"是，这不得给我一个学习机会吗！"

"你学个六！"他一伸手抓住酒壶，奔小矮子脸上一扔，"我去你的！"

"啪！"这大酒壶整揳在脸上。小矮子不干了："你别走，咱俩今儿没完！"也抓起酒壶。

伙计一看："外边打去。"

"好，外边打，外边打！"来到外边，他俩互相揪着脖子，"谁也别撒手，谁也别撒手！""你放心我绝不撒手，我今天跟你没完！"

正说着呢，打那边噔噔噔跑过两人来，是尹士恒、杨国栋，他俩刚从五里碑回来。这一趟四十里地，两人也不知道招谁惹谁了，大早上白跑一趟。先前在五里碑待了一会儿，两人就商量道："要不咱回去？和尚也不在这儿，咱回去吧。"半天一往一回，饿得都不行了，于是打算先吃点东西。

刚走到十字街这儿，旁边过来了酒馆的孙掌柜，喊了声："杨大哥。"

杨国栋回敬一声："老孙。"

"您节哀。"

"怎么就节哀？"

"听说嫂夫人去世了。"

"呸，你不好好做生意造谣玩干吗？"

"不是说没了吗？"

"怎么就没了？我出来时还在家。你是刚才去的吗？刚死的？"

"没，没有，我这是听有人报丧说没了，也是早晨说的。我都给您预备了吊孝用的东西，这都齐了，正准备上您那儿去呢。"

"别倒霉来了。没死，你嫂子是不舒服，但不至于死。"

"哎，这……是他说的！"说着拿手一指，"那和尚，打架那和尚。"

两人回头，瞧见济公，赶紧过来了。

和尚乐了："听说你媳妇死了。"

"没死，您怎么造谣呢？"

"不是，开酒馆的老孙做买卖不规矩，净给人算花账，我逗逗他玩。"

"哦，老孙，你这买卖？"

"不是，有的时候有的账可能没算对。"

"那行了，你就甭说了。这是活佛拿你开玩笑了。那东西你留着吧，过两天你死了再说吧。我们不要了。"说完赶紧又到活佛这儿来，"好家伙，您怎么在这儿跟人打起来了？"

"你们俩上哪儿去了？我都想你们俩了。"

"您不让我们上五里碑了吗？我们俩认真去了一趟。"

"去完之后怎么样了？"

"是，挺好的，就回来了。"

"发现什么了？"

"什么都没有,累得我们跟孙子似的,您怎么跟人打起来了?"

"别管,把他先锁上,跟我打官司。"

俩班头身上带着铁链子,掏出来,哗楞嘎嘣给小矮子先锁上。

"二位头,不管因为什么,凭什么先锁我呀?"

"没办法,我们这儿规矩大。"

"是,这我知道,知道你们这儿有规矩。那么打官司有什么规矩呢?"

"打官司,如果出家人跟俗人打起来了,先锁俗人,出家人不锁。"

"你们这里的人太奇怪了。行,锁着就锁着,我也不犯法,你得说凭什么。"

"凭什么?因为他是活佛,就得锁你。"

"他是何方活佛?你们闻闻!他除了吃饭比较守规矩,会一口一个馅饼,其他的哪里有个活佛的样子?"

"你问我,我们也不知道,反正他是杭州灵隐寺活佛济癫。"

"哦,他是济癫哪,"小矮子一伸手把锁摘了,垫步拧腰上了房,"这官司我不打了!"

第12回

争奇书群寇内讧
遵法谕狐仙度贼

> "隔河看见一锭金,山又高来水又深。
> 有心过河把金捡,又怕王八咬了脚后跟。
> 舍了罢来舍了罢,外财不富命穷人。"

小矮子这身手一看就不是一般人。他先把链子撕开,一跺脚"啪"的一声上房檐了,连活佛都叫好。为什么?别人上房比他简单,因为他的身高比别人差一大截。

"好好好。"活佛跟着鼓掌,"但是不能让你走。"接着用手一指,"下……下来。"小矮子一下就被定住了。紧跟着往下摘人,底下几个人把他接到手里边来,拿过铁链子、绳子乱七八糟的,捆得结结实实的。怕他跑了,又打旁边饭馆里边弄了点麻绳出来。麻绳、铁丝,从上到下捆完了,都认不出来是个什么了,就剩俩鼻子眼在外边。

捆好之后,和尚说:"这不用,我……我给他定住,他跑不了。"

"别,我们担心,万一跑了怎么办?"

罗汉爷说话向来有数,说破这个案子就是一定要破。那么被捆住的这个人是谁呢?他在江湖上有个外号叫"小神飞",名字叫徐沛。

龙游县有一老道抓妖死了,就跟他有关系。那位老道叫叶秋霜。多好听的名字,但是你听这名字就长不了,树叶遇见秋天的霜准掉。

叶秋霜得到一本书,叫《怎样做神仙》,哪儿买的也不知道。这一看,爱得就不行了,他是老道,就愿意修身养性,学呼风唤雨、撒豆成兵、半仙之体的东西。叶秋霜天天照这书练,到最后,他觉得他成了,因为他背了三年了。但是也没有人找他降妖捉怪,他觉得自己怀才不遇。这天叶秋霜在屋里正练功,念着念着来了一个朋友。

这位朋友是带发的头陀。和尚有削发的,也有带发的,比如行者武松没剃头,是因为头发甩下来可以挡着脸上的金印,当时武二爷刺配沧州,算是配军,脸上有个章,表明这人是个犯法的人。章有大有小,花了钱或者有点势力,可以把这章弄得虚一点。包括脸上刺破之后,里边的血不挤,带着血给你揉,章就能淡一些。而且还可以给你往里面刺,过几年就虚了,头发再散下来挡上,别人也就不知道了。

叶秋霜的朋友有一个俗家的名字，叫李兆明，大高个儿，壮。"老叶，你最近挺好？"

"我挺好的，没什么事儿，你呢？"

"咳，我也没什么事，还做以前那档子事，你呢？"

"我现在是神仙啊，你看，《怎样做神仙》，知道吧？"

"好，那怎样做神仙？"

"背呀，先背绕口令，然后就捋着来呗，《报菜名》《地理图》《八扇屏》《暗八扇》《白事会》《夸住宅》，都得有。"

"哦，那，那你就慢慢熬着吧。"

"我已经成了，我已经是三级法师了，"老道叶秋霜说道："我要成功了！"

李兆明说："你教教我怎么样？"

"你下得了这个功夫吗？你这样，每天你得管我叫师父。"

"那我不干了。"

"为什么？"

"咱们一直是哥们儿，绿林道上土匪，把兄弟，我凭什么管你叫师父呀？是不是，就不认。你借我那书看看。"

"不借。"

一来二去，李兆明心里恨上他了。终于有一天，本县一家大财

主说:"我老觉得后院不干净,尤其是到了夜里,老听我们后院'哗楞楞''哗楞楞''哗楞楞',不知什么响,您给看看吧。"

叶秋霜说:"找我是对的,我已经学得差不多了,我到你们那里捉妖怪。你来给我高搭一座法台,准备香笼五供。"

简短捷说,应用之物都准备齐了,晚上他带着李兆明一起去,因为没有神仙是一个人出去的。

他告诉李兆明:"你得跟我一块儿去,帮个忙,让你见识见识本神仙的能力。"

李兆明:"那去吧,也没见过你多大能耐呀!"

叶秋霜一上法台,先把苹果抄起来,吃苹果,然后吃西瓜,吃点心,吃炸酱面,撕烧鸡。

旁边李兆明看着:"法师,开始吧!"

"等会儿吃完咱们再捉妖!"

李兆明说:"你吃完了,我跟你商量点事儿,待会儿你让我瞧瞧你那书,行不行?我怀疑是本食谱啊!"

"什么?什么食谱,我正经的神仙秘籍。"

三说五说,李兆明翻脸了,看他蹲在那儿啃西瓜,便在后边抻出刀,"我去你个神仙",一刀把脑袋切下去了,然后带着书跑了。

李兆明拿着这本书,他嘴不利索,不如叶秋霜,天天背,也背不下去,挺难受的。他天天早上起来在河边喊嗓子,连唱戏的带说相声的都在河边练功，李兆明也去。后来有一天，来了一个朋友，就是徐沛，小矮子，都是绿林道的，说："你干吗呢？你这是弃武从文了吗？要搭班儿唱戏了？"

"没，我要当神仙，《怎样做神仙》。"

这小矮人说："这哪儿的事情啊？咱们绿林道上不出神仙啊，各式各样的臭流氓咱们都有，怎么还出神仙了？"

"不，咱们一块儿研究吧。"李兆明这点好，"我一个人不灵，咱们一块好不好？"带着小矮人，二人一块儿练。

小矮人打心里不信："您这玩意儿有准谱没准谱？"

"有准谱，我已经看到一半了，它前面那些都是骗人的，最后那几篇是正经的法术，但是有要求，比如我正在寻找一样法宝，找着这个东西我就成功了。"

"找什么呀？"

"需要一个头盖骨，而且是要幼女的头盖骨，小姑娘别结婚，八九岁的孩子死了，烂在地里了，把她的头盖骨拿来，用这头盖骨修炼，配上口诀。"

"能炼成什么？"

"能炼成千里眼顺风耳。"

"哦，那好啊，那咱们找吧。"

天天晚上，二人扛铁锹出去挖坟。白天他们先去村里问："你

们这死人了没有啊？""有没有死小姑娘啊。"要听人说有未成年的孩子死了，二人就去，这一去不要紧，本家不干，报案了，各县衙役逮这两个人。

二人扛着铁锹到处跑，大概有小半年了，也没见头盖骨，也没修炼法术，也没当神仙。

再后来，他们碰见一个熟人，也是绿林道的英雄，叫冯元志，江湖贺号"昼瘸僧"，拄着拐，一走一歪。他白天瘸，晚上扔了拐"腾腾"上房，蹿墙，跃户，这是一个大贼。

这三人碰到一起，说来说去就说到这本宝贵的《怎样做神仙》。冯元志说："这不像人话呀，谁告诉你们学这东西就准能做神仙？"他和小矮人私交好，觉得李兆明脑子有病，而且这家伙还把叶秋霜杀了，叶秋霜和昼瘸僧冯元志好，所以冯元志老觉得李兆明有问题。

这天晚上，在客栈里，三人聊天，说来说去，冯元志急了，抻出刀，"噌嘟"一刀，把李兆明杀了。吴大老爷去验尸的死和尚就是李兆明。

杀完人之后，二人往外跑。他俩一出来，那边柴头和杜头刚好离屋去追罗汉爷，冯、徐一看那屋里桌上放着海捕公文，便把文书偷走，没想到在荒郊野外遇见华云龙。华云龙命真大，之前在蓬莱观，傻小子攥着他腿扔到墙外了，墙外有树，要没那树挡着非死不可。

没摔死也差点儿吓死。他往回跑，也不知跑到哪儿去了，反正到最后，这几个人碰见了。

"怎么回事？"

"咳，没有，不就因为这本书闹了点儿小别扭，接下来怎么办？"

咱们得有地儿投奔啊！"

"离这儿三十五里地有一个铁佛寺，铁佛寺里有一姜老道是咱们哥们儿，那回他说准备在铁佛寺挖地窖，挖好地窖，只要是绿林道的人，没地儿藏，上他那儿去，下地窖，他养着，不行咱投奔他去吧。"

姜老道本名姜天瑞，江湖上管他叫姜老道。

几个人直奔铁佛寺，姜老道闻讯出迎："哟嚯，这少见啊，怎么回事儿？打哪儿来啊？进来吧。"

进去了，往这儿一坐，沏上茶，摆上饭，说着聊着，再怎么聊也躲不开这本《怎样做神仙》。

姜老道爱这个："哦，早就听说有这么一本秘籍呀！我可是搜集了不少，都是骗人的，我不知道您这本是不是真的，我看看吧。"

他看完之后，说："这本跟我那些版本都不一样。我现在是个出家人，跳出三界外不在五行中，如果修炼的话，我比你们要早一步。所以这本书先放在我这里，好不好？从明天早上起来我要喊嗓子了，然后我就准备慢慢地做神仙，我做了神仙，好好地带着你们几个人。"

这本书对华云龙来说无所谓，但是小矮人徐沛不愿意，心想："为这书死好几个人了，我们到这儿来，跟你认识但没有多深的交情，凭什么这书得落你手里边！"

可是现在他们投奔姜老道，书是拿不回来了，徐沛心里别扭。

吃完饭，华云龙说："哥几个，商量点儿事儿，我不在这儿待着，我走吧，因为我想了又想，我惹的祸太大了，已经惊动朝廷了，不好弄，民不斗官，光棍不斗势力，别连累你们了。现如今这个活佛济癫老跟着一块搅和，有他在，我怕给各位添麻烦，犯不上。不行我就到外边躲一躲吧。"

姜老道说："你别那样想，虽然说当下我不在绿林道上混了，但是好歹也是绿林道把我养大的，又何况我已经往神仙路上走了一步了，有了神仙之路的通行证了，是不是？所以说我保着你好不好，或者咱们这样，众家弟兄，我出钱，出路费，谁愿意去一趟，把济癫杀了，杀了之后不就踏实了吗？"

华云龙直摆手："别别别，没那么简单的事情。"

徐沛站起来了："都不敢去，我去！我不在乎他，我也不怕他，我杀他去。"

徐沛为什么会这么想？都是因为那本书。他想："书在你手里，如果到那儿我杀了济癫，回来之后就是我说了算了。万一被逮着了，我就把你们全供出去。"

几个哥们儿："罢了，大英雄顶天立地，现在你在我们心中两米八。"

徐沛离开众人，要找济公算账，没想到在南门碰见了，还跟济公学吃饭，学喝酒，学扔馅饼。到最后让人给逮着了，拿绳子捆得跟个粽子似的，从上到下就露了俩鼻子眼。

"走吧，押到大堂上去。"

到大堂上，吴大老爷升堂，一瞧，是活佛回来了，"活佛您辛苦了，没事吧？"

"没事,这不就回来了吗?"

"是,席子让他们撤吗?"

"撤了。再死都不死那了。"

"行嘞。"老爷吩咐人把席子撤了。再回来上堂问小矮人。徐沛倒是敢作敢当,把所有的事情全说了,等于龙游县这几起命案全破了。

话分两头,再说铁佛寺。铁佛寺这儿,华云龙待不踏实,心虚。

姜老道安慰说:"没事儿,你踏踏实实地,早晨跟我一块起,咱们喊嗓子,白天吃饭,睡觉前再发一遍功,好好的,咱们一定没啥事。"

"是是,大哥,谢谢您,我想了想,我也别死守在您这观里,因为白天来香客,人多嘴杂,指不定谁认识我,我不想给您惹麻烦,我白天没事出去溜达溜达,要是哪儿好玩,我可能就走个三五天,没事儿我再回来,我拿您这儿当我的家。"

姜老道说:"可以呀,去呗,有什么事言语一声。哥们兄弟都在这儿。我这个地窖已经开始挖了,以后绿林道上的朋友有事就上我这儿。"

"行呗,您忙着练功吧,我走了。"华云龙打铁佛寺出来没地儿去,这儿瞧瞧,那儿看看,但是很谨慎,不像原来似的提刀就敢杀人。知道现在普天下都逮自己,得小心点。

这一天,走来走去,天擦黑了,他心想:"糟了,走到哪儿了

我也不认识,这个地方前不着村后不着店。"溜达了一天,他也累了。一瞧旁边有一棵大树,走过去倚着树,坐在树根这儿,乏得很。心想:"睡一会儿,赶等二更天三更天再醒,醒了之后找个地儿,不管是吃点还是喝点什么,或者真有大姑娘小媳妇。怕什么,眯瞪会儿吧。"迷迷糊糊他就睡着了。

睡了有半个小时,他觉得鼻子闻着怎么这么香!一睁眼,一瞧跟前,有二十来个人,个个头上戴着甩头疙瘩巾,身穿着青色小袍子,腰系丝绦,手里挑着灯,一副家丁模样。家丁的后面站着一个老头,古铜色的员外襟,古铜色的员外氅,一泻白须垂洒胸前,挂着一根鹿头拐杖说笑。

旁边几个人提醒着:"老爷子,您看稳脚底下。""没事没事,你们打着灯。""是是,您看这儿,哎,有石头。"

华云龙站起来,看这几个人,这几个人被吓一跳,也看着他:"哟,怎么还有人?你谁啊?"

他一瞧,这是大户人家的,赶紧过来抱拳:"各位,这位老爷子,我是行路之人,迷失路径,在这儿正为难,这是哪里呀?"

老头看看他:"你是哪儿的人?"

"我是西川人。"

"是做生意的?还是?"

"我是保镖的达官。"

"哦哦,这么说您是练武之人啊?"

"哎,不敢不敢。"

"哦,这儿叫黄土岗,早先在这儿住的人很多,后来就都往镇子里搬,这儿的人不多,就是我们两三家,老朽我故土难离,还是住在这儿,就在前边,你看那儿。"华云龙一看,前面影影绰绰有灯亮着,有院落群。

"哦哦,您住在那儿啊!""我住那儿,小伙子,要不要上家去喝口水呀?""好,好,好。"华云龙就等这句话,心想大户人家,还挺亮堂。"好,老爷子您贵姓?""我姓李。""哦,李员外。""哎,不敢不敢不敢,小伙子,来吧,到家去串个门。""给您添麻烦。""哎呀,别客气别客气。"

跟着走吧,拐弯就是。华云龙一瞧,这大宅子可不小,门口扫得挺干净,还有几棵古槐。往里一走,出来几个丫鬟婆子,搀着老爷子:"老员外您回来了,前村访友怎么样了?"

"挺好,瞧见我那几个老哥哥了。"

华云龙明白了,这是看朋友去了。

家里的管家迎出来:"老爷子,您回来了。"

"我回来了。"

"这位是?"

"咳,保镖的达官,一位壮士,在旁边树根歇着,我怕他着凉,让进来喝点儿水,你们照顾一下。"

"哦,好好,您请您请。"

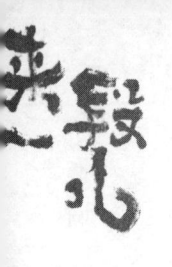

一进客厅，华云龙心想："这家可有料。"屋里一堂硬木家具，正当中摆着条案，一八仙桌半拉桌子插在墙里，一边一把太师椅。老头坐在上垂手，华云龙坐在另一边。

沏茶，上水果，主客吃着喝着。老头问："吃饭了吗，小伙子？"

"不好意思。"

"哎，没吃就是没吃。"

"是，没吃，前不着村后不着店，也没找着卖饭的地儿。"

"到这儿了你别客气，平时这儿背静，来串门的人也不多。管家，你带他上后边吃饭去。"

管家答应："好。"

"给您添麻烦了。"

管家领着他往外走，华云龙这眼来回撒摸看院子，心想："最次是三进带后花园，这不是一般的财主。行嘞，我先吃你一顿，今天晚上跟你们家好好地做一票生意！"

来到吃饭的小屋，华云龙往这儿一坐。

"您有什么忌口吗？""没有，管家，都行，来点儿酒，让你受点儿累。""好嘞好嘞。"

一会儿工夫，烫了一壶酒，凉的热的备了几个菜。华云龙端起碗，吃着喝着，管家在旁边伺候。

"您也吃点儿。"

"我吃过了。你快吃吧。合口味吗？"

"很好很好，谢谢谢谢！"

"没事没事，你来了，老爷子还挺高兴，我们这儿背静，串门的人少。"

"哦，是是是，哎呀这个，家里边挺阔绰，这不得上百口人啊？"

"没有，就我们这看家护院的有十多个，厨子、花匠有十多个，剩下的就是老爷和小姐。老太太去世得早，老爷子疼闺女，也没再续娶，现如今小姐也长大了，今年十八了，也没找到一个合适的姑爷，我们小姐又舍不得嫁人，愿意陪着我们老爷。可惜了，我们姑娘天姿国色。好，吃着吃着，我再给你添点儿热汤吧？"

"不要了不要了，够了够了。"

一会儿的工夫，华云龙吃饱了，管家又把他领到客厅。老头有点儿困了："吃饱了没有啊？"

"吃饱了，老爷子。谢谢您赏饭。"

"不叫事儿，你能来我很高兴，谁打这门口过想吃饭，这都是咱们的缘分，晚上你还赶路不赶啊？"

"老爷子，是想赶路，但是我也不认识路，也不知住店住哪儿。"

"行了，住店不容易，我估计等你找到客店，天都亮了。住在这儿吧，也不差你一个，明天天亮，吃完早点再走。要是没事儿，愿意住两天也成，跟我聊聊天，好不好？"

华云龙站起来深施一礼："多谢老人家。"

"好嘞，您跟我来。"伙计把他带出去了。

这么大的宅子，找一间客房很简单。

"您看这屋行不？""好好好。"

推门进去，有一个架子床，钩上挂着幔帐，当中有一张桌子，两把椅子，靠墙有一个柜子，挂衣服的。

"您坐着啊。"一会儿工夫，手下人给打来热水，沏了壶茶放在桌子上，"您看您还需要什么吗？"

"不用了不用了，挺好，已经添麻烦了，谢谢，谢谢啊！"

"您歇着吧，咱明儿见。"管家往外走时不忘加了句："我提醒您一下，前面一进二进的房子，您随便去，要是有什么事儿您喊一声，我们也都听得见。但是三进您不能去，三进是我们小姐住的，有一个绣楼。进了三进的门，往左拐，上游廊，顺着游廊走，按照八卦那芯儿那么走，掏过来再往右边去，那边就是我们小姐绣楼。二进的院里还有一个小狗，三进院里没有狗，您早歇着吧，别上后边去，不让去。"

"哎，好好，谢谢谢谢。"

管家嘱咐完了，出去了。华云龙开心了，洗把脸，干干净净地上床，倚着被和垛。"现在还不能去，还没睡觉呢！有什么事得等到夜深人静了。"

迷迷糊糊，他就睡着了。耳边厢听得谯楼上鼓打三更，半夜了，华云龙坐起来，心想"别耽误正事儿，哪儿睡觉不是睡？"

起身，把大袜穿上，腿带子系结实，周身上下收拾得紧趁利落，把百宝囊挂上，背插单刀，悄悄地把门打开，把脑袋探出去，听了听，没动静。临出门前把屋里蜡烛吹灭，关好门。低下身子，攒着身子往外走，怕人看见。从这儿出来，直接奔三进。到三进一瞧，这门错着缝儿，暗道"天助我也"，悄悄推三进门，闪身进去。后背把门倚上，人先蹲下，看看左右，这叫以静制动。

绣楼还亮着灯，看来姑娘没睡觉，他顺着墙旮旯走，拐弯抹角，抹角拐弯，来到绣楼楼梯下，脚尖儿跐地，"腾腾腾"上楼。站在楼梯口一提鼻子，暗道："真香！罢了，这家人用的估计是龙涎香。"

舌尖舔破窗棂纸，睁一目闭一目，往里观瞧。屋里，正对着的是一个湘妃竹的榻，榻的旁边是金丝楠木的床，床的幔帐撩着，挂在金钩上。姑娘坐在床边，这边有一茶几，茶几上有一蜡台，姑娘看着蜡台，若有所思。灯下看美人，越看越精神。华云龙在外头一瞧，一挑大拇哥，绝色的佳人！听了听外面没动静，心想："得了，就是她了。"一伸手由后边把刀抽出来了，"啪"，一推门，一个箭步进去了，拿手一指姑娘："别喊！"

一般的女孩就傻了，没想到姑娘一抬头，看他一眼，竟没说话。华云龙有点儿毛了，怎么不喊？哪怕"嗷"一声也好动手是吧？没想到这姑娘就抬头看着。

人心似铁非似铁，官法如炉真如炉。人的所作所为跟所处的环境是相符的。眼前的状况和华云龙想象的不一样。他有点儿害臊了，打小就干坏事，到今天姑娘看他一眼，他还不好意思了。

"还没睡呢？"

姑娘看看他，乐了："你谁呀？"

"贱姓华。"这都不像贼说的话！

"哦，认识，你叫华云龙啊？"就这一句把他吓坏了，心想我有这么高的知名度了吗？

"你是华云龙啊！啊，你？问你话呢，你是那个采花淫贼华云龙，还是神仙？"

"我没有那本书，那本书没有在我这里。"

"哦，把刀扔下，坐那儿。"

"哎哎哎！"华云龙扔下刀，坐到小茶几边上。

"桌子上有壶，有盖碗，自己倒碗水喝。"

"不渴。"

"喝呀！"

"哎哎哎！"他端了杯水，"打扰您休息了。"

姑娘看看他："夜半更深，私闯绣楼，所为何来呀？"

所有的好人身上都会有缺陷，所有的坏人身上都有好的地方，天下没有特别纯粹的好人或者特别纯粹的坏人。在这个环境下，哪怕是华云龙也不能上来就杀人。人家让他喝水，他倒不好意思了："姑娘，您喝水吗？"

"我不喝。"

"是是是，姑娘，贵姓啊？"

"姓李呀。"

"哎哟，那么巧，跟你爸爸一个姓。"华云龙越发语无伦次。

姑娘乐了："近来好吗？"

"还行，还行。"

"干了不少坏事啊！"

"唉，生活所迫。"

"你要说抢钱是生活所迫，杀人放火、采花也是生活所迫吗？"

"我那个，我这，姑娘，你谁呀？"他突然间觉得不对，"你谁呀，你？"

姑娘乐了："哼，夜入秦相府是你干的，白玉镯子、珍珠凤冠你得着了，乌竹庵一刀连伤两命也是你干的，这一路上海捕公文到哪儿你逃到哪儿，都是你呀，你怎么想的？有道是苦海无边，回头是岸，难道说，你就没想回头吗？"

"姑娘，我回不了头了，我这辈子也就这样了。"

"我劝劝你，你要现在回头啊，还好。"

"哎，你也别劝我了，我跟你这么说，我这一辈子就算是糟践了，另外我还跟您说实话，夜入绣楼不为别的，就是因为你太好看了，天儿也不早了，咱们歇着吧，好不好？"他说着话站起身来，要解外套。

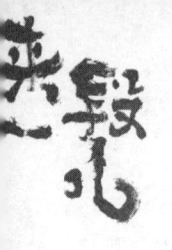

姑娘乐了:"哎哟,怪害臊的。"

"没事没事,哎,不要紧的,你听我的。"

姑娘转身脸冲里面,背影很扭捏。

华云龙:"哎呀,你这事闹得,姑娘,来来,你转过来。"

姑娘:"别,我害怕,我爹要知道得打死我。"

"他不会知道,待会儿我打死他就好了,好不好?姑娘,你回头。"

姑娘乐了:"行,那我就转过来了。"姑娘一转脸,"扑哧"一乐,华云龙"嗷"一声!刚才是千娇百媚,一转过来,这张脸三尺来长,眼珠子耷拉在外头,舌头吐到嘴外,前心脯子全是血,还笑,一边笑一边伸手:"来来来。"

华云龙一睁眼,还是坐在树根那儿,南柯一梦。

为什么他会做这个梦?这就是罗汉爷下凡要做的事情,一次一次地度人,他认为坏人身上还是有可取的地方,希望他能够好,是给他机会。但是今天失败了,方才连老头带姑娘,都是此地的狐仙,这是罗汉爷交给他们办的事,希望华云龙能够改过自新,但是没想到,最后他也没接受。

醒了,华云龙一身的冷汗,心里觉着害怕,再一抬头,黑云可上来了,紧跟着听这雷,"咕噜咕噜咕""咔咔咔",雷老围在他身边。华云龙心想:"这雷是长了眼睛吗?怎么老劈我?我跑吧。"

他站起身就跑,雷后边紧追,跑来跑去跑了三个多钟头,天已经蒙蒙亮了。一瞧前边,有一个土坡,高不高矮不矮。他心想:"这个坡太陡了,如果能翻过去还好,如果翻不过去,这雷呀,不叫完,如果那边有屋子,也能躲这个雷。对对对,使出最后的劲儿,我也得上这坡,跑!"

"噔噔噔",铆着劲儿了,身后这雷不停,"咣咣"砸脚后跟。一憋气,上了土坡,到土坡上坐下,再往下一骨碌,骨碌了二十分钟,一直滚到山坡底下,雷停了。

"哎呀,两世为人啊!差点儿给我劈煳了,这是哪儿啊?"一抬头,面前站定五个人,雷鸣、陈亮、杨明、陆通、矮脚真人孔贵。

在蓬莱观,罗汉爷临走的时候告诉这五个人,一个月之内不许出蓬莱观,若出蓬莱观,必有杀身大祸,几个人听话,不出去,天天在观里待着。两个小童子天天打水熬粥,累得都不行了。这几个人还能忍,傻小子陆通待不住了。"哎呀,屋里待着难受,我得练练我那棍子。"

观里有院子,他在这院子里练,耍棍子,耍得挺开心,实在没事就扒着墙头往外看。"有一个月了吗?"

"没有。"

"下来喝粥,下来喝粥。"

"哎呀,我得出去。"陆通扒着墙头往外瞧,让他瞧见好玩的了,看不清楚是个山猫野兽还是野兔,在那儿跑。

"哎,这好,但我不能出去。"他把大棍子举起来了,"哎,别跑!"

铁棍子扔出去了,扔出去他后悔了。

他叫两个小孩:"哎,俩童儿,给我捡回来。"

两位童儿:"一个月之后啊!拿不了,太沉。"

"那不行啊!谁捡走了卖废铁怎么办!"陆通开门就出去了。

这一出去,哥四个都喊:"不能出去呀!不能出去,快快,回来回来!"

杨明头一个就追他,因为最疼他!后边几个人也跟着追,五个人全出来了。他们忘了,五个人出道观,必有杀身大祸!

第13回

僧道斗法凌霄观
淫贼落网天道还

"说书唱戏劝人方，
三条大路走中央。
善恶到头终有报，
人间正道是沧桑。"

"傻兄弟你给我回来！"后面四个人边追边喊。

五个人都奔外跑，山门里两位小道童可开心了："这五个人跑出去了，咱们歇会儿吧！之前那疯和尚说，这五人出去准死。他们死了，咱俩轻省轻省，再也不用打水熬粥了。"

按说，陆通拿完棍子就回去，没想到由旁边蹿出一只大野兔，这野兔特别肥。傻小子开心了，心想："那个没逮着这个得逮着。"

"站住！不要跑啊！"

"回来呀！咱们商量商量！"

"商量商量啊！咱们好吃着呢！"

他追野兔，几个人追他，五个人追来追去就追到土坡这儿了。刚站住没等说话，打上面"咕噜咕噜"，骨碌下一个人。五人一低头，看见了华云龙。

华云龙看见这五个人挺尴尬，没想到转了一圈回来了，又碰见这几个人了。

一摊手，这几个人也乐了。

"怎么又是你？你要干吗呀？"

"别！别！别！人没有死两回的罪过。咱们都是绿林道的，你们可别这样，别生气别生气，咱们依旧是好哥们。之前我对不起你们，是我错了，我挨个赔礼。"

给杨明磕头，给雷鸣、陈亮磕头，给矮脚真人孔贵磕头。给傻小子磕了好几个，怕他不明白，不给他磕或者磕少了，他一犯浑，给你来一铁棍子。

杨明善良，是一位忠厚长者："你起来，你不用磕头，起来起来。"

"是，谢谢大哥！"

"你怎么又回来了？"

"谁知道！我现在这日子过得糊里糊涂，都不知道发生了什么，也不知道什么时候清醒，什么时候是做梦！"他说的都是实话，"我现在，其实我，我挺后悔……"

"哦！你还会知道后悔？"

"那是啊！后悔我不该干了这么些伤天害理的事情。"其实他是往好处说，让他们放松警惕，"我知道我错了！"

"行了，那你走吧，我们也不搭理你。咱们是井水不犯河水，一条大道各走一边，你走你的，好不好？"

"不不不，我想了，海捕公文我不怕，秦丞相派的人我也不怕，我只怕那个疯和尚。几位谁能保着我，让疯和尚不弄我呀？"

几人你瞧我，我瞧你。"这保不了，那是西天降龙尊者，活佛呀，我们保不了你！"

"好，我知道你们保不了我。既然保不了我，能不能送我去一个地方？"

"送你去哪儿啊？"

"咱们往西北走，离这四十五里路的地方有一个凌霄观。我的亲叔父九宫真人华清风在凌霄观，你们把我送到那儿去。这一路上我怕出幺蛾子，你们把我送到那儿，剩下的事就是我的了。也不为别的，您哥几个不白疼我一把。咱们也算绿林道上磕过头的兄弟，

我呢，求各位了！"华云龙撩衣裳跪下了，他知道杨明是厚道人，准管他，雷明、陈亮是济公的徒弟，傻小子和孔贵就无所谓了。"求你们几位，保着我路上别出错，能到我叔叔那儿，我就算熬出来了。"

要依着孔贵这几个人，不会理他，但是杨明厚道："不管怎么说，绿林道上一个头磕在地上，想当初华云龙跟我学过飞镖，又何况当初他戴守正戒淫花的时候，是我撒绿林帖请天下英雄一起来的。他今天说的这些话有他的道理。第一，和尚已经惩罚过他了，攥着腿扔到墙外头，是他命大没死。第二，我们送他这一程，顶多五十里地，也不算远。无论从哪个角度出发，咱们也能送他一程。得了，哥几个，瞧我面子好不好？"

雷明、陈亮说不出别的来，傻小子说不出别的来，矮脚真人孔贵嘬着牙花子："大哥，你可忘了，活佛走的时候说过，一个月之内咱们五个人不能出观，如果出来必死无疑。"

"是，话虽如此，但是我想从这儿到凌霄观五十里道，也不至于能怎么着。咱们把他送到了扭头就回来，好不好？"话都说到这地步了，他岁数又最大，哥几个就只好同意了，说："那咱们要一块儿去，好不好？一块儿去，一块儿回。途中无论发生什么事情，谁也不许走散了。华云龙，咱们走。"

"我谢谢哥几个，救命之恩情同再造！今生今世无以为报，下辈子我做牛做马，我这……"华云龙起誓。

说着话，聊着天，由这儿一直往西北方向走，半天左右，到了。一瞧，也不知是因为修炼还是地理环境，半拉山头云雾笼罩。华云龙一指："看见了吗？半山腰有一道观，凌霄观。那就是我叔父九宫真人华清风修炼的地方。"

"好,那你去吧,我们回去。"

"别别别,都到这儿了,一定要进观见见我的叔父,好不好?再一个,我叔父脾气大,性如烈火!他一听说我在外边惹这些祸,要是拔剑杀我,你们还能给讲个情。"

杨明厚道:"哦,那行,那咱们走吧。"

又往前走,已经到山脚了,顺着山路往上走,傻小子陆通不干了:"我不去!我不去!我凭什么跟他去,我在外边等野兔,万一那野兔跑这儿来了呢?"他一根筋。

杨明说:"你要不去的话,可别走远了。你就在这儿等着。也许一会儿那野兔就来了,它可能回去叫别的兔子去了,你就在这儿等着吧,你别走。"

"我不走,我就在这儿等着,等兔子,等着。"陆通拿着大铁棍,站在山脚下,这哥儿四个护送着华云龙上山。

说着话的工夫,就到了凌霄观的门口。凌霄观比蓬莱观大五六倍,法相庄严,门口几个小道童正在干活。

他在前面,哥儿四个在后面跟着,推门进去了。

正当中的蒲团上坐着一位老道,面似羊肝,黑胡子里有几根白的,高挽牛心发纂。在这儿一坐,盘着腿,闭着眼。

华云龙过来了,一撩衣裳磕个头:"叔父在上,侄儿这厢有礼。"

老道微微地把眼睛睁开,两只眼珠子往外放光:"云龙。"

"是。"

"你还活着？"

"叔父，孩儿知罪。"

"你在外面为非作歹，你以为我不知道吗？败坏了我华门门风，今天到此，我岂能容你？"老道旁边放着宝剑，一伸手把宝剑抄起来。

华云龙赶紧磕头："叔父，我错了！念在我华家只有我一个后代，您就饶了侄儿吧。"后边那四位也跪下了："您饶了他吧，他现在学好了。"

老道瞧瞧这四个："这四位是？"

"哦，这都是我绿林道上拜把子的哥们。这是威震八方杨明，这是雷鸣，这是陈亮，这是孔贵。"

"起来起来，起来起来。"

几位都站起来了。

"有贵客到此，怎么不早说？"

"是，叔，这不没来得及说吗？您这要杀我呢，我错了！"

杨明过来，一抱拳："华道长，云龙的事儿我们也都知道，年轻气盛，做了一些不应该的事情。您爷俩慢慢说，您别一上来就杀杀砍砍的，伤了自家人的和气。"

"好，这个人讲话还是非常得体。是你们把我侄儿送回来的吗？"

"是，我们念在弟兄一场，把他送回来。"

"好，你们是真帮他还是假帮他呀？"

"老人家，我们是真心帮他。"

"以往之事我已尽知，其他的都不重要，这里还有一个疯僧济癫，只有他不好弄。你们把我侄子送回来，万一有一天这个疯和尚找到这儿来，我怎么办？"

"这个……"

雷鸣、陈亮你看我，我看你，心想："管娶媳妇，还管养活孩子？我们都不该送来，来了就来了，我管你们家怎么着？还得问我师父来了怎么着？爱怎么着怎么着。"

杨明也有点儿尴尬："这个……"

"也不用这个那个了，既然来了，我也拿你们当自己的好朋友、好哥们、好弟兄、好孩子。帮人帮到底，送佛送到西。"

"哦，好。那您说，我们还有什么能做的事情？"

"贫道我正在炼一件法宝，叫五毒阴魂剑。这剑要是炼好了，别说是疯僧济癫，大罗神仙我也不怕。"

"哦，好好好，您法术高强，那您炼吧。"

"哎呀，哪那么容易？炼这个需要五颗人心。我这儿的人，我下不去手。我自己的侄子，我也不能那么做。没想到你们几个好心人送上门来了，既然来都来了，咱们就这样吧。"

这四个想起和尚说的话了，一个月不要出蓬莱观，出门必死。

四个人你看看我，我看看你，转身要跑，华清风拿手一指，"定！"

几个人全站住了，事到如今后悔也晚了。华清风乐了："徒儿，快来。"

由旁边那屋来一徒弟，姜老道。铁佛寺的姜老道得了那本宝贝书，实在看不明白了，他师父是华清风，他上这儿献宝来了。"师父，您瞧，我得一这个。"华清风一瞧："这太棒了！《报菜名》《卖布头》，什么都有，这么些年我都没有这本书。"五毒阴魂剑的秘诀也是书里写的。得要五个人的心，并把五个人的魂抄在一块儿，拿魂来炼宝剑，炼完之后就厉害了。

"来啊，徒儿，在后院埋上五根柏木桩，把他们都捆好了。准备一个小香案，还有蜡烛、香炉、菜根、无根水。"天上下的雨，拿盆接着，没落在地上，这叫无根水。

"是。"又来几个小老道，把四个人拉出去。后院栽了五根柏木桩子，把每个人的手背后绑好了，香案预备齐了，准备作法。华清风把他牛心发纂打开，头发散下来，把鞋脱了，光着脚，踏罡步斗，按着八卦来回地走，手里拿着宝剑，掐诀念咒，准备给这几个人摘心。

正要炼制，旁边的姜老道说："师父，这是四个，短一个。"

华老道说："哎呀，忘了，应该数一下就好了，早知道凑齐五个咱们再开始，这多麻烦，都预备完了，我这走绺儿也走了。头发也散开了，光着脚觉着凉的，这怎么办？"

姜老道乐了："没事儿，师父，厨房有一个吃饭的，把吃饭的叫来不就够了吗？"

"对，去弄来吧。"

"好。"姜天瑞转身出去了，直奔厨房。厨房有一人坐在那儿，捧一大碗饭，正吃着，这是黑风鬼张荣。为什么杨明要从家里出来？就是找这个人。张荣在杨明家里边调戏人家大嫂子，调戏完了之后让人打了一大嘴巴，害怕了，从那跑出来了。杨明回家一听说这事儿，走遍天下要找他算账，万没想到他躲到这儿来了。

张荣认识华清风："祖师爷，您得救我呀，保佑我呀！"他藏在这儿了。这两天他出去了，偷东西去了，这是刚回来，一进门饿了。张荣问："有饭吗？"姜老道说："你上厨房自个儿吃去吧。"

张荣在厨房正吃饭呢，姜老道进来了："怎么样这两天？下山做买卖怎么样？"

"没偷到啥，瞎耽误工夫。"

"我跟你说点事儿啊，祖师爷炼宝剑，需要五颗人心，已经逮着四个，现在差一个。"

"你等我吃完饭，下山给你骗一个去。"

"等不了了。"

"你去呀？"

"别废话，就是你！"

"我可不成。"

"你很好，你快来吧！"姜老道薅脖领子把张荣拽出来。来到

后院，不由分说把他绑在柏木桩子上了。

"救命啊，我不要死啊，救命啊！"

再看华清风，踏罡步斗，掐诀念咒，念完咒后拿宝剑尖扎着桌上的朱砂符，扎上之后在蜡上点。"各位，我晃着晃着，我就一撒手。这个符就出去了，落在谁身上，咱们就先摘谁的心，好不好？"也不知念的是什么，"走！"顺着宝剑尖儿，这道符就飞起来，带着火苗子飘飘荡荡，荡荡飘飘，落在张荣身上了。

杨明开心了："好，好，能亲眼看着他死，我也值了。"

"徒弟。"华清风吩咐道，"从他开始。"

"好。"姜老道应道。旁边桌案上有一个瓶子，老道把瓶子打开，把盖子放在边上，这是稍后抄魂魄用的。

"是。"姜老道过来，把张荣胸口的衣服"呲啦"一下，撕开了。

旁边道童托着一碗凉水，姜老道接过来，奔着胸口，"啪"一泼。这是为了让他一激灵、一害怕血液都进心脏。紧跟着拿着匕首奔前心。顺着张荣肚子从里往外"噗"的一声，出来五股气，奸、懒、馋、滑、坏，五股气散尽了，血才流出来。紧跟着姜老道手进去把心拿出来了："祖师爷，您看看还能用吗？"

他的心烂了，心上都是窟窿眼。

"不要紧，要他的魂魄。"华清风把心往地上一扔，魂魄顺着天灵盖出来了。华清风掐诀念咒，拿手抄，一把抄住了，往瓶子里一放，把盖子又盖上。华清风又拿宝剑扎符，符飞起来了，飘飘荡荡，这回落在杨明身上。

杨明叹了口气:"哥哥,兄弟们,咱们这辈子缘分不浅。哥哥我先行一步,枉死城里我等你们,阴曹地府我先追张荣,我还得打他一顿。哥儿几个,我就不给您各位行礼了。"

这几个说:"我们也不还礼了。"都捆着呢,也动不了。

"来吧,徒弟,动手。"

"是。"姜老道过来,把杨明衣服撕开了,端着凉水,"噗",往前心一浇,拿起刀来。"噗"的一声,姜老道倒在地上。姜老道身后站一傻大个儿,拿着大铁棍子。

陆通本来在山脚下拿着大铁棍子等兔子,等着等着,由这边来了一股黑烟,三尺多高,也看不清楚是什么。前些日子他经历一回了,他害怕!"妈呀,吓死我啦!"他往这边跑,黑烟往这边追;他往那边跑,黑烟往那边追。追来追去,最后傻子把棍儿一扔,站住不动哭开了。

黑烟里发出声音:"好玩不好玩?"

"不好玩,害怕!"

"你别害怕,我是救你来的。"

"你是谁啊?"

"我是你师父,喊师父。"

"师父。"

"好,现在你杨大哥要出事儿。让你跟着上去,你不跟着上去。

现在他们要摘杨大哥的心,要把他的心吃了,你救他吗?"

"我得去呀!"傻子一根筋,当时就急了!拿起棍子来,他转身"噔噔噔"就跑。

那黑烟过去拦着:"混蛋,那边!"黑烟在后边连踢带打,给傻子轰上山去了,上去之后,站在矮墙之外。墙高八尺,傻子九尺,正好瞧见姜老道撕杨明的衣服,泼凉水。他急了,别说摘心,泼凉水都不行,撕衣服也不干。那儿姜老道举着匕首,他就把铁棍子抄起来了,往地上一摁,一个撑竿跳,人"腾"就起来了,一下就蹿到姜老道身后。陆通把大棍子举起来,直接落到姜老道身上。

华清风闭着眼还在等着抄杨明的魂魄,连抓三回,没有。再一睁眼,吓一跳,眼前站一什么玩意?黢黑,又高,又壮,又胖,拿一大铁棍子。

"定!"华清风还是很灵的,你再力大无穷也比不了他,他是妖道。傻子攥着棍子,定住了。华清风说:"吓我一跳!这是什么人?"

杨明刚才一直闭着眼,现在一睁眼,说:"傻兄弟,你干吗非得来呀?这不是白白送死吗?"

华清风把宝剑撂下了,一瞧就明白了,自己的徒弟让这小子拿大铁棍子砸死了。"好小子!从天而降伤我爱徒,我岂能容你?你看这个!"

他一伸手,把中指在嘴边磕破了,往外一弹。借着这股子血,掐诀念咒,"三昧真火"直接奔陆通的脸去,"欻啦"一下子,连头发带眉毛全烧没了。眼瞅着身上也着了,再耽误几秒钟,傻小子就算完了。

就这会儿工夫，后院门被推开，进来人了。

"放火尿炕。"听这声音，活佛来了，济公长老。为什么他要用一下陆通？因为陆通后来是正经拜了他的，是他的弟子之一，而且今天陆通命里有这道火灾，如果今天不着火，日后陆通得死在火里。这个劫过后，罗汉爷才正式收他。

但是和尚也不能等太长时间，再晚一会儿进来就撒了孜然辣椒面了。

罗汉爷进后院之前，隐去了三光，拿手一摁天灵盖，佛光、金光、灵光全摁住。普通人脑袋上没有光，妖魔鬼怪，脑袋上是黑光。再往上修炼，有的有灵光，有的有金光，但是到西天罗汉这种程度，金光、灵光，包括佛光，各式各样的，你说得出来的他全有。可是修炼的人一看就能看出来，所以他自己摁天灵盖把三光盖住了，让你瞧我就是个普通人。

华清风心里嘀咕：修炼这么长时间了，也没遇见过这么些奇怪的事情。再一回头，跟前站一和尚，一瞧这和尚穿得挺破，头发二寸来长，身上还挺臭，就跟到了动物园狮虎山似的。华清风心想："能上这儿来的不会是一般人。"但是他仔细一瞧，这人脑袋上什么光都没有，就是凡夫俗子，也就没当回事儿，还以为是哪儿的老百姓迷路了。

华清风一回头，问："谁呀，你是干吗的？"

和尚过来了："小华，小华。"

华清风这气，心想："谁见我都得喊声祖师爷，怎么到你这儿改了'小华'了？"便问："什么东西？"

"混蛋，你不认识我呀？"

"凭什么就得认识你？"

"对，行，你惹祸了。"

"我惹什么祸？"

"你把他们几个人都绑在这儿，你要干吗呀？"

"你管我要干吗，要不然连你也算一个？"

"别废话，别废话！你赶紧给我磕几个头，叫几声祖宗，完了我还不饶你。"

"那不白磕头了吗，还得不饶我？好啊，行，你看这是什么？"说着，拿手一抓，往地上一扔。华清风有两下子，就这么一抓一扔，紧跟着有一道黄光。狮子、老虎来了一大堆，奔和尚就去了。

和尚往后躲："太吓人了，吓死我了！"他打一喷嚏，这些猛兽"啪嗒"全掉到地上，都是纸片。

"厉害呀！你再看这个！""啪"，又一扔，毒蛇、大蟒都过来了。

"哎呀，这比那还可怕！"和尚脱裤子撒尿，那些爬行动物又变成纸片掉落了。"你还会什么？"

"你太欺负人了吧？我一宿一宿剪的东西，你都给我毁了？你看我三昧真火！"华清风"咔嚓"一磕，把中指磕破了，挤出血来，往外一弹，紧跟着掐诀念咒，"噗"一下子，火就起来了。

一大火团子直接地奔和尚去了。和尚边跑边喊："哎呀，害怕！

着火了,火来了!"他围着院里跑,后边的火团追他。跑着跑着,和尚站住了:"不跑了,累。你走你走!"说声"你走",这火团子还点点头,转身奔华清风来了。

华清风:"我……""我"字没说完,火团子整个扑到他脸上。"噗",一下子,眉毛、胡子、头发全没了,华清风这通胡噜。

和尚乐坏了:"你这是不想当老道了,是不是?要不你跟我走吧?你这比我还像和尚了。"

华清风气得:"哎呀,你等着我!"一转身这个人就没了。

罗汉爷没追,过来挨个把大家都解开了,又告诉傻小子:"下来,下来。"

几人撩衣裳跪倒:"师父,谢谢您!"

"我让你们听话,你们不听话,不是告诉你们别出门吗?一走,准死,看见了吗?今儿要不是我来,你们就完了吧?"

"是是是,哎呀,谢谢您!您救了我们一条命!您看接下来……"

"别,别着急,先看看华清风哪儿去了。华云龙呢?"

华云龙早跑了。刚开始在后院刨坑、埋桩子、捆人的时候,他都在,等大傻小子从空而降,他就跑了。贼人胆虚呀,他知道这里有事。

和尚摇摇手:"不着急,不到时候,到时候就来了。"安顿好这一切,他先掏出块药来给傻小子吃,被火烧了,有点伤,给他治病。

回头再说华清风,他好歹在这儿修炼了大半辈子,人前人后也

是祖师爷，今天这一下全完。他心里恨得慌："这不行，我想想怎么办，我得求高人，找高人给我报仇。"想来想去，华清风想起离此不远的梅花山梅花岭，有一位梅花真人，叫灵猿化，是山里一只千年的老猿。

猿猴修炼不容易。为什么？你看人要是修炼，能省去好多事儿。动物要修炼得一步步来，首先要把横骨去掉。按照民间传说，动物之所以不能说话，是因为横骨插心。就把横着这根骨头修炼没了，再慢慢地练，也能说话了。先模仿人，从人再开始修炼，这个过程就得个五六百年。

到后来，灵猿化认识了几位地仙，包括什么东方太悦、李涵龄，挨个去求，也没人愿意收他为徒。但是这名字是这几个老神仙给起的。太灵了，得了，就叫灵猿化吧。你就好好地来，别伤天害理，以后定会成功。

今天华清风把他给想起来了。他就到了梅花岭，到这儿一瞧，正好，灵猿化在山门外采药，五绺长髯，高挽牛心发纂，挺瘦，拿着兜子采药。

华清风见到灵猿化，说道："祖师爷，祖师爷。"叫完就"咕噔"跪下了。

灵猿化一回头："华清风啊。"

"祖师爷，是我。"

"你怎么了？"

"哎呀！尘世间出了一个疯和尚，大骂你我之辈，说咱们不是人变的。"

灵猿化："对呀，我确实不是啊。"

"不是啊，像咱们修身养性，一心做好事，我修炼这些年我也没干坏事，没想到今天他来了，不问青红皂白，把我徒弟打了，把我烧成这个样子了，您得给我报仇啊！"

灵猿化都听傻了："这不可能的事情啊！"

正说着，打外边山脚那儿有人上山。

华清风一回头："来了，来了！你看就是他，快快快，咱们躲一躲吧！"

"这不用躲，咱有事说事。"

"不不，躲起来。"华清风刚站好，和尚就来了。

"那猴在哪儿？那猴在哪儿了？"

灵猿化心里一咯楞："我都已经修炼成这样了，也不用你非得说我是什么吧？"

听这一句话就知道，灵猿化动了嗔念了。这也就是说他命中也有此一劫。出家人跳出三界外不在五行中，哪能因为这个心里别扭？

和尚站在门口拿手一指："这两猴，两猴。"

华清风吓坏了："祖师爷，就是他，就是他！"

"那个猴灵化，不是，猴猿化，小猴？那个，你把他给我，你

把他给我。"

"哎呀，你怎么能这样？"到这会儿，灵猿化情绪变了，他觉得刚才华清风说得可能有道理。

和尚也乐了："哪样啊？你把他交给我，你不交，我把你这洞都给烧了。"

"真是岂有此理！"灵猿化一张嘴，一道白光直奔和尚。和尚"咣当"就躺下了。

灵猿化顿足捶胸："善哉！善哉！"又抬头望天，"哎呀！弟子罪孽呀，罪孽！没想到我千年修炼突然犯了杀戒了！"

再看华清风，开心了，一伸手把刀抻出来："我把他宰了！"

"不行不行，你不能这样做！我已经犯了罪了，你不能这样！我现在很后悔，要不是因为你，我怎么能动了杀戒？还有救，还有救，我得把他抬到我的洞里去，给他吃药。第一天吃一粒，他能多活一天；第二天吃两粒，活两天；第三天吃三粒，活三天……坚持九九八十一天，他才能坐起来。他不吃我的药，他坐不起来。"

话音刚落，和尚坐起来了，连人带猴吓一跳！"你怎么坐起来了？"

和尚还挺害臊："我是想给你做脸来着，我想等你说完再起来，这地上太凉了！"

"不是，"灵猿化说，"你到底是谁？"

话音刚落，罗汉爷站起来了，仰天长啸，拿手一拍脑门，三道金光，紧跟着这人变了，身高丈二，活脱脱西天直觉罗汉。

灵猿化一瞧："妈的妈，我的姥姥啊！"他转身往洞里跑，门也没关，但是罗汉爷没进去。灵猿化跪在那儿，祷告半天，想再请和尚回来谈谈道法，一出来，踪影皆无。

这边，华清风使了个土遁跑了。当然，和尚也是没打算斩尽杀绝，放了他一马。华清风跑出来以后，找了个旮旯自个琢磨："刚才找那帮手没用，那状态就像个卖假药的。这怎么办？我还得凭自己，但是我的能力不够。"手一摸，取出身上那本《怎样做神仙》，翻到最后一篇，发现还有一种炼剑的方法。

用这种方法炼出来的剑叫子母阴魂鸳鸯剑，得找一个怀男胎的孕妇，取子母血，沁在宝剑上，用符咒一催即可炼成。这法子炼的剑太毒了，正经的神仙不敢碰也不敢接，接完之后损他的德行。

华清风要用这剑斩罗汉的金光，他弄了个药箱，买些丸散膏丹，打算到各乡村庄里以治病为名，找怀男胎的妇人。华清风拿着药箱，走在一座村庄。往前一瞧，不远处的村口有俩老太太在聊天。华清风打这儿过，听老太太说："行，这日子越来越好了，尤其是我们儿媳妇，我瞧就怀的是个小子。现在还行，月份还不大，这不，给我儿子送饭去了。再等几个月生完之后，我们家的日子就好了。"

华清风定眼观瞧，果不其然，前面走着一个孕妇，拎着个篮子，里头装的饭。她的丈夫在地里干活，这是去送饭。华清风终归是修炼过，拿眼一打，这女人果然怀的是一个男孩，心说："就是你了！"

他悄悄地在后边跟着，走来走去，一瞧身后没人了，于是凑上前去，"大嫂子。"

"哟嚯，您吓我一跳！您这是怎么了？"他的眉毛、胡子、头发全没有了，只剩下一个大脑袋，黢黑。

"不重要。我看你脸上气色发暗，怕是主家宅夫妇不和。"

娘子们最信服这个，立刻站住说："道爷你会相面么？道爷您瞧，有什么破解没有？您要能给破解好了，我必谢您。"

华清风说："你把你的生日八字告诉我，我给你破解。"

这孕妇就把自己是哪年生的什么时辰，说出来了。这一说，华清风就记住了，紧跟着掐诀念咒，"啪"迎面拍了一掌，这一下就把人给闭住了。然后他一努嘴"跟我走"，老道前面走，妇人后边跟着，拐弯抹角到前面背静处，把这人往树上一靠，心说"得了，今天就是今天了"。拿起手中的宝剑来，掐诀念咒。这咒语还挺长，念得差不多了，把剑举起来。他只要剑一落，母子二人当时就身亡。

这剑要落还没落，天可就阴了。离这不远的一块平地上，罗汉爷在那儿跪着，面向西方磕了三个头，站起身来，眼看着雷就来了，直奔华清风。华清风攥着宝剑，正要下手呢，上面这雷就下来，活活把他劈成了炭。

因为他是修炼过的人，有道相。杀这种人需要向西天请示一下，所以罗汉爷向西跪下，磕了三个头，因为要杀生了，需求得我佛容让。佛爷允许了，这才有雷部正神前来。这套书也叫《雷劈华清风》。

这边了结了华清风，罗汉爷说事到如今我也看出来了，华云龙也是改不了了，自己念咒又来在了龙游县，这还存着两班头。

柴头、杜头这一瞧，和尚进来了。"活佛，咱们还能够交差完案吗？

我们有日子没回家了，这日子怎么过？"

和尚乐了："别着急，吩咐人来呀！按照我说的方位你们站好了。"

找了八八六十四个兵，在县衙里排好位置，和尚念来念去，念去念来，到最后仰天长啸："华云龙，你还不来吗？"

话音刚落，天上"呜噜噜噜"，"啪！"，华云龙掉地上了。

这帮兵过去抹肩头拢二背，把人逮起来了。逮住了得往临安城送，大队人马护送着到临安。

面见秦相把东西一还，最后秦相说不分首犯还是从犯，跟这事有关的贼人一概斩首。

到了这天，把人都押上法场，准备斩首。西川路上来了一百零八个大贼，要救华云龙，等着三声大炮响。这些人都埋伏好了，都装得跟老百姓一样。第二声响完了，这一百零八个大贼把刀都抻出来了，要劫法场，耳边厢听有人喊了一声："站着别动！"

这一百零八个人真听话，站住不动了，紧跟着三声大炮响，华云龙人头落地。老百姓散了，这儿还站着一百零八个人。

和尚点点头："来，都逮起来吧，这都是大贼。"

把人拿起来全部钉肘收监，这就是《罗汉爷捉拿华云龙》。咱们有始有终。

闲白儿

1 艺术最初的原则是快乐

演员跟观众之间到最后其实是过日子的关系，为什么呢？艺术不分高与低，好与坏，此时此刻你对这段艺术的认知是正面的，就行了，不要拉着别人，因为很难改变其他人的看法。我喜欢张三，说得也好，唱得也好，但在别人嘴里张三可能一分钱都不值。艺术这个东西，文无第一，武无第二，没有一定的标准。

有时候在后台徒弟们和我聊天，说"您看老艺术家谁谁谁，还有那谁，还有20世纪80年代那谁，谁好谁坏"，我说"你说的都没有意义,一个清朝末年的,一个新中国初期的,加上一个90后的,这三个人比谁好谁坏,这没有意义,要把三个人放在同一个背景下,年龄一样,才能分得出来"。背景不一样,水平很难用一句话来解释,不一样的时代,不一样的背景,不一样的状态,所以无法区分。

当然,有时候听戏、听相声、听书,好多人听到最后听得魔怔了,我就爱听谁。这就是我们老说那句话,"可能某些不红的艺人死了之后的作用更大,他可以打击那些当红艺人"。这主儿从清朝末年就干这行,这一辈子挣了三毛钱,一上台观众就骂他,但是一百五十年之后,挖掘出一段录音,那了不得了,这就是神仙。其实我们不知道神仙是饿死的,当初卖不出票。所以听相声、听书、听戏,有一个特别简单的心态就好,不用想太多,想太多就违背了艺术最初的快乐的原则。

2 听书听的是扣,听戏听的是轴

听书听的是扣,听戏听的是轴。听书没有扣子没意思,讲一个给王大爷挑水的故事,那有什么意思?一定是挑着挑着,突然间王大爷一扭头,变成三个脑袋,你就会觉得好奇怪。这书说到这儿就不说了,明天再给你解这扣,为什么王大爷有三个脑袋?这人眼花了!

听戏听的是轴,轴就是车轴的轴,一晚上几出戏,我们看的是,

哪出是大轴，哪出是压轴。什么叫轴？轴是指最后一出戏，压轴是倒数第二出戏。"这是我们今天压轴的演员"，那不厉害，他才倒数第二，他厉害什么呀！压轴不行，压轴是倒数第二，得是大轴，那才是最后的压底的演员！听戏听的是轴。

3 丁忧

古人讲究守孝，别说是做生意的，哪怕是朝里做官的，父母去世了，也得赶紧回家，守三年的孝，这叫丁忧。如果说，我本来在湖北省当巡抚，父亲去世了，我偷偷摸摸地没说这事，我舍不得这官，那可得藏住了。如果没藏住，让别人知道了，就是大逆不道，别说丢官，还得关我几年。

那么说有没有例外？有例外，除非位极人臣。当朝首相，一品大员，可以把三年改成三天，有一个专用的名词叫夺情，夺去你的人情。且需皇帝发出圣旨，命令其留下来继续工作。

4 当铺

所有的买卖，都没有当铺欺负人。现在没有当铺，有典当行，但推门进去，也就是那样。以前的当铺不一样，门大，推门进去之后，当铺的柜台很高。比如说，你是一个正常的大小伙子，一米七，就这个头的人站在柜台那儿，得仰着脸。而且柜台上面有铁条，怕抢。

拿东西去当当，是求他，一进门先高仰脸，这是求他，他在上面斜着脸瞧你，在气势上先压你一头。值一百的东西给你三十，知道是求他的。

你拿大棉袄、大皮袄，甭管什么东西，去当当。当好了，他叠你这衣服的时候反着叠，都卷上之后拿绳子五花大绑地捆上，那意思"这东西就死在我这儿了"。所以，过去干当铺的人心狠手辣，净打架。吵架的、打架的、偷东西的，当铺是个热闹的地方。

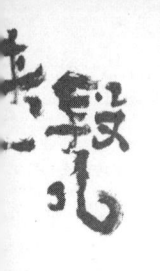

5 四郎探母带面筋，八郎探母就得带香干

于谦老师送过我一把扇子，梅兰芳先生画的扇子，挺好，一面字一面画。字是京剧名家梁小鸾先生的字，梁小鸾先生是当年京剧著名的旦角。那会儿，四大须生之一谭富英先生和梁小鸾先生净一块儿合演。这还有一笑话，海报上写——谭富英、梁小鸾，《四郎探母》带回令。戏的最后一折叫回令，有时候唱戏不带回令，这写着带回令。有那个半文盲的，站在那儿看海报——谭当央、架小鸟，四郎探母带面筋，八郎探母就得带香干了，是个笑话。这个很珍贵。

6 话是拦路的虎，衣服是瘆人的毛

话是拦路的虎，衣服是瘆人的毛。和人谈事，你看他穿得好，你不由自主地就会觉得要尊重对方。为什么在澡堂子里谈生意成不了？顶多落一个他比你白，管什么用？以前北京城唱京剧的梨园行，挣一点儿钱就把门楼子修修，把大门刷一刷。

过去有约角儿的，瞧你住在四十平方米一个院，这院里住七百人，不用给钱，给两个馒头就打发了。一瞧独门独院，这就不敢轻视。当年我们说相声有老前辈，家里穷得都不行了，然后拿装米装面的袋子装上沙子，往屋里一码，码到墙头，坐在屋里玩麻将，一家都没吃饭。"来约演出的，不着急呀，这么些面吃不了啊。"

7 故事，真真假假，假假真真

20世纪90年代，我在北京小茶馆里说书，散场后经常有观众留下来不走。"郭先生，我突然间发现，您刚才没说什么正经玩意儿啊？"

我说："我早就发现了，你来开心就好，至于别的，是听完之后您自己的事情。我不能直眉瞪眼地，要求您各位如何如何。故事，有真有假，真真假假，假假真真，无外乎是听完书之后，从中有一些感悟，如果咱们的想法能够碰到一起，那是我的荣幸，但绝不逼着您要如何如何。要那样的话，也就违背了艺术的初心。"

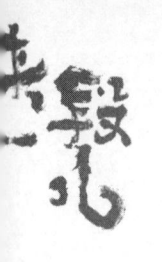

8 一半黑时还有骨，十分红处便成灰

术业有专攻，人不可能十全十美。十分能耐使七分，留下三分给儿孙，十分能耐都使尽，后辈儿孙不如人。艺人就是涮羊肉炉子里那块炭，一半黑时还有骨，十分红处便成灰。我书房里有块小匾，在桌子正对面，两个字——满盈。提醒自己，凡事不可做得太绝，凡事不可过分。

9 说书的为什么叫说书先生

在艺人的行业里，一个唱京剧，一个说书，在同行里是比较受尊重的。唱戏供的祖师爷是唐明皇，说相声供的祖师爷是东方朔，说书供的祖师爷是孔圣人。我们的祖师爷是圣人，这叫先生。没有尊称说书的为"老板"的，没有。张先生、马先生、王先生、赵先生，尊称先生。

10 真唱戏的

说书还是有用处的，当然现在和过去说书不一样了。为什么以前听书的人多？真是通过书长知识。甚至包括好多剧团、唱戏的大老板，周信芳也好，哪位名家也好，该唱的戏都唱完了，还要新戏，请一个说书的先生。他们在上海的时候，请南方评话的先生。德云社天桥的小剧场，在当年的时候是一个著名的演出京剧的剧场。那会儿，梁一鸣先生、张宝华先生就在那儿唱戏。张宝华先生当年不就是天天这唱那唱，各种戏一唱，成百出、上千出都唱完了，买本小人书看看吧。看看回来下午就唱戏了。

20世纪80年代末，我唱戏那会儿也是。河北省一个县请我们团，在那儿演出十天。每天都会有不一样的要求，村支书来了，要求今天前半场评戏，后半场改京剧，就得给人唱。村支书头天晚上看一部电视剧，转天就问"这个戏你们有吗"，必须回答"有"。因为什么？因为后台都是唱戏的，这个所谓都是唱戏的，指的是都是真会唱戏的，这不难。

20世纪三四十年代，大剧团后台讲究幕表戏。什么叫幕表戏？就是上场门有张纸，第一场皇上上场，带四个太监；第二场老旦哭着上，遇花脸开打；第三场如何如何。上台张嘴就得唱，和乐队是有暗号的。我要原板，要倒板，要碰板，要流水，我唱完了要丢给谁，谁得张嘴接。

11 说书的手艺

听书，图的就是高兴。

我说书也是为了高兴。我是一个挺笨的人，没有别的糊口谋生的手段，就会三样，说书、说相声、唱戏。但是实话实说，唱戏真是发自肺腑的热爱，也不指它吃饭，说相声，好歹指它吃饭，唱戏不是，现在唱戏不让我花钱就便宜了。

其实，观众没有问题，市场也没有问题。比如说，我们弄麒麟剧社，一说出戏码，开票了，一会儿工夫，"欻"一下子就卖光了，观众爱看戏。我粗略地算了算，20世纪80年代末我唱戏那四五年，京剧、评剧、河北梆子等，全搁到一起，也有几百出，你会的少，没有资格挣钱吃饭。观众拿钱买票，不是说就看你那一出，所以说最重要一点就是，你学的是唱戏的手段，还是学的某一出戏。这跟厨子似的，一个会炒菜，点什么菜我都能炒；一个只会炒鱼香肉丝，这是两个不一样的概念，是会炒菜的技术，还是只会炒鱼香肉丝。以前的老先生，唐三千宋八百，你说得出来的故事，今天下午就能给你唱，因为他太熟悉了。

当然了，那个年头唱戏也算主流的媒体，挣得也多。当年京剧有一位须一万块是什么概念？那个时候，鲁迅先生在北洋政府的教育科下当科员，一个月挣三十块钱。三十块钱是什么概念？在北京租一个四合院，天天坐黄包车、下饭馆，剩下的钱在琉璃厂买点古书，一个月三十块钱管够。

时光荏苒,岁月穿梭,像说书、唱戏、说相声的行业也经历了这些年。当然,现在说相声还好一点,大伙也支持,也捧,我们凭能耐吃饭,多挣多花,少挣少花。

12 从摔木头看地域

看摔木头就能看得出来,这说书的属于什么地域的。过去来说,这是按山海关为界。看摔木头和话的前后,"难难难,道德玄,不对知音不可谈。对了知音谈几句,不对知音枉费舌尖",最后摔是东北说书的,摔在里是关内的。

按说书来说,分南分北。北边叫评书,南边叫评话,比较起来,其实评话比评书细致。评话讲究这一段书说到几分几秒,几辈传下来,这一段故事永远是几分几秒。不像咱们这个,说一个故事能从唐朝串到宋朝。

京剧也分南北,南派京剧、北派京朝,以北京为标准,叫"京朝"。南派的其实就是整个江南地区,杭嘉湖、上海、江浙为南派。北派的讲究规矩,到现在也是。打西太后那年,我们就这么唱,没改过。南派不一样,南派讲究让观众爱看。

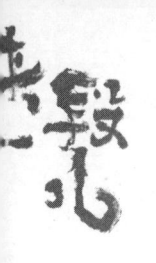

唱南派戏，观众有时候纳闷，他怎么今天唱《四郎探母》唱老生，明天唱《包公案》唱包公，后天唱《严罗锅抢亲》唱小花脸？这就是南派戏的特点，唱人物不唱行当。剧团在这儿演出，观众爱看这个主角，那么这个主角就只分男活和女活。故事《四郎探母》，四郎是主角，这个演员就演杨四郎；明天唱《包公案》了，演员就唱包公。为什么？观众是捧角儿来的，角儿什么都得会。其实到今天，到温州，京剧团也是这么干。

打破这个规矩的，就是工资。在某市京剧团上班，那是另外一回事。不用会这么多，唱孙派的，这六出戏是我的，别的我也不用唱；唱赵派的，这三出戏是我的。但以前唱戏可不行，唱《天河配》，角儿就得演牛郎去；明天唱大花脸的故事，就得唱花脸去。老规矩是分男活和女活，不唱行当。"我只唱这一个，我不唱那一个"，还是不缺饭吃。

13 规矩

戏班有些规矩。比如北京最有名的富连成，富连成是中国戏曲最棒的科班之一。以前没有戏校，想学戏就送到科班。富连成最早叫喜连成，后来改叫富连成。马连良、谭富英、裘盛戎，基本上说得出来的京剧名家，都是从富连成毕业的。

富连成有规矩，什么规矩？有几出戏不能唱，比如《连营寨》。《连营寨》，火烧连营，刘备不是让人给打败了吗？这个戏富连成不让唱，为什么？对主将不利。据说有一次要唱这戏，社长叶先生心里别扭，从家里往园子去，走到前门，"咕叽"一下子把腿摔坏了，当天就不让唱这戏了。还有就是不唱《逍遥津》，《逍遥津》是曹操逼宫。反正每家后台都不一样，但是大的规矩是一样的。

比如，我们当年在外边搭台唱戏的话，台要注意方向。剧场的台、唱戏的台，注意不能东西向，要南北向。东西为白虎台，准出事儿，不挣钱。所以，当年我们哪怕歪一点儿，也不能正东正西。

还有戏班后台不允许养猫。为什么？因为园子一般都有耗子，耗子在戏班里是财神爷。

在后台，不能瞎动。进后台新鲜，"这胡子我戴上试试吧""这帽子我戴上试试吧"，这是忌讳，这叫扮小戏儿。什么意思？"一会儿打架。"

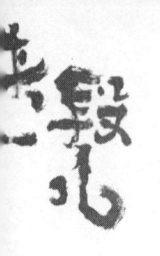

14 京剧

当年京剧诞生也不容易。乾隆年间,在中国戏曲界有花雅之争。花雅之争就是皇上准备去南巡,江苏盐务为了皇上南巡,在扬州把戏曲艺人分成两个部门,一个叫花部,一个叫雅部,雅部就是昆曲,花部是地方戏,包括京腔、秦腔、弋阳腔、高腔。在这个过程中,由于昆曲有官方扶持,被认为是官戏,大力支持。但地方戏也得活着,就推举一个有代表性的,挑来挑去,开始挑中了秦腔,但秦腔有口音,最后定京腔是地方戏的代表。但是官方支持昆曲,所以到最后京腔被昆曲吸收了,这是第一次花雅之争。

到后来,乾隆四十四年,有一个叫魏长生的带着秦腔的戏班,到北京演出,轰动了。但是清廷出来干预,说"不雅,表演不如昆曲,要想活下去,必须改唱昆曲,否则绳捆索绑递解原籍"。这第二次花雅之争,地方戏又失败了,而且清廷下了一纸禁令,封杀花部。

熬来熬去,熬到乾隆八十大寿。乾隆五十五年,出圣旨,所有地方戏都要进京给皇上祝寿,封杀令取消。据资料记载,这叫"四大徽班进京",但不是说只有四个徽班,而是说这四个是当时徽调中最著名的戏班。汉调的、徽调的,各种地方戏全到北京,遍地都是搭的戏台。据资料记载,最远的都搭到高粱桥,现在是西直门外高粱桥。那是什么概念?我20世纪80年代末去北京公主坟,都荒凉得不行,以前以北京二环为界,出了二环就是农村。唱完之后,艺人们觉得在北京比在外边强,就留下来了。留下来之后,徽调班子最好,徽调和汉调揉在一块,也借鉴了昆曲和其他戏,揉来揉去,最后形成了京剧，彻底把昆曲打败了。

  这帮艺人在北京找地方唱戏，发现前门大栅栏有一个饭馆叫三庆，他们就在这儿唱，后来把三庆改成了园子，叫三庆园，这是中国京剧第一家剧场。